Gottfried Benn

Gedichte

Herausgegeben
von Christoph Perels

AF204076

Reclam

RECLAMS UNIVERSAL-BIBLIOTHEK Nr. 8480
1988, 2006 Philipp Reclam jun. GmbH & Co. KG,
Siemensstraße 32, 71254 Ditzingen
Bibliographisch ergänzte Ausgabe 2018

Für die Texte aus *Statische Gedichte* (siehe Editorische Notiz):
© 1983, 2006 by Arche Literatur Verlag AG, Zürich und Hamburg
Für die übrigen Gedichttexte:
© 1986 Ernst Klett Verlage GmbH u. Co. KG, Stuttgart
Der Text des Vortrages »Soll die Dichtung das Leben bessern?«
erscheint mit Genehmigung der Ernst Klett Verlage GmbH u. Co. KG,
Stuttgart

Druck und Bindung: Esser printSolutions GmbH,
Untere Sonnenstraße 5, 84030 Ergolding
Printed in Germany 2024
RECLAM, UNIVERSAL-BIBLIOTHEK und
RECLAMS UNIVERSAL-BIBLIOTHEK sind eingetragene Marken
der Philipp Reclam jun. GmbH & Co. KG, Stuttgart
ISBN 978-3-15-008480-9

www.reclam.de

Inhalt

Morgue

I   Kleine Aster

Ein ersoffener Bierfahrer wurde auf den Tisch
        gestemmt.
Irgendeiner hatte ihm eine dunkelhellila Aster
zwischen die Zähne geklemmt.
Als ich von der Brust aus
unter der Haut
mit einem langen Messer
Zunge und Gaumen herausschnitt,
muß ich sie angestoßen haben, denn sie glitt
in das nebenliegende Gehirn.
Ich packte sie ihm in die Brusthöhle
zwischen die Holzwolle,
als man zunähte.
Trinke dich satt in deiner Vase!
Ruhe sanft,
kleine Aster!

II   Schöne Jugend

Der Mund eines Mädchens, das lange im Schilf gelegen
        hatte,
sah so angeknabbert aus.
Als man die Brust aufbrach, war die Speiseröhre so
        löcherig.

Schließlich in einer Laube unter dem Zwerchfell
fand man ein Nest von jungen Ratten.
Ein kleines Schwesterchen lag tot.
Die andern lebten von Leber und Niere,
tranken das kalte Blut und hatten
hier eine schöne Jugend verlebt.
Und schön und schnell kam auch ihr Tod:
Man warf sie allesamt ins Wasser.
Ach, wie die kleinen Schnauzen quietschten!

III   Kreislauf

Der einsame Backzahn einer Dirne,
die unbekannt verstorben war,
trug eine Goldplombe.
Die übrigen waren wie auf stille Verabredung
ausgegangen.
Den schlug der Leichendiener sich heraus,
versetzte ihn und ging für tanzen.
Denn, sagte er,
nur Erde solle zur Erde werden.

IV   Negerbraut

Dann lag auf Kissen dunklen Bluts gebettet
der blonde Nacken einer weißen Frau.
Die Sonne wütete in ihrem Haar
und leckte ihr die hellen Schenkel lang
und kniete um die bräunlicheren Brüste,
noch unentstellt durch Laster und Geburt.
Ein Nigger neben ihr: durch Pferdehufschlag

Augen und Stirn zerfetzt. Der bohrte
zwei Zehen seines schmutzigen linken Fußes
ins Innere ihres kleinen weißen Ohrs.
Sie aber lag und schlief wie eine Braut:
am Saume ihres Glücks der ersten Liebe
und wie vorm Aufbruch vieler Himmelfahrten
des jungen warmen Blutes.
                    Bis man ihr
das Messer in die weiße Kehle senkte
und einen Purpurschurz aus totem Blut
ihr um die Hüften warf.

V   Requiem

Auf jedem Tisch zwei. Männer und Weiber
kreuzweis. Nah, nackt, und dennoch ohne Qual.
Den Schädel auf. Die Brust entzwei. Die Leiber
gebären nun ihr allerletztes Mal.

Jeder drei Näpfe voll: von Hirn bis Hoden.
Und Gottes Tempel und des Teufels Stall
nun Brust an Brust auf eines Kübels Boden
begrinsen Golgatha und Sündenfall.

Der Rest in Särge. Lauter Neugeburten:
Mannsbeine, Kinderbrust und Haar vom Weib.
Ich sah, von zweien, die dereinst sich hurten,
lag es da, wie aus einem Mutterleib.

Blinddarm

Alles steht weiß und schnittbereit.
Die Messer dampfen. Der Bauch ist gepinselt.
Unter weißen Tüchern etwas, das winselt.

»Herr Geheimrat, es wäre soweit.«

Der erste Schnitt. Als schnitte man Brot.
»Klemmen her!« Es spritzt was rot.
Tiefer. Die Muskeln: feucht, funkelnd, frisch.
Steht ein Strauß Rosen auf dem Tisch?

Ist das Eiter, was da spritzt?
Ist der Darm etwa angeritzt?
»Doktor, wenn Sie im Lichte stehn,
kann kein Deibel das Bauchfell sehn.
Narkose, ich kann nicht operieren,
der Mann geht mit seinem Bauch spazieren.«

Stille, dumpf feucht. Durch die Leere
klirrt eine zu Boden geworfene Schere.
Und die Schwester mit Engelssinn
hält sterile Tupfer hin.

»Ich kann nichts finden in dem Dreck!«
»Blut wird schwarz. Maske weg!«
»Aber – Herr des Himmels – Bester,
halten Sie bloß die Haken fester!«

Alles verwachsen. Endlich: erwischt!
»Glüheisen, Schwester!« Es zischt.
Du hattest noch einmal Glück, mein Sohn.
Das Ding stand kurz vor der Perforation.

»Sehn Sie den kleinen grünen Fleck? –
Drei Stunden, dann war der Bauch voll Dreck.«

Bauch zu. Haut zu. »Heftpflaster her!
Guten Morgen, die Herrn.«
                                   Der Saal wird leer.
Wütend klappert und knirscht mit den Backen
der Tod und schleicht in die Krebsbaracken.

Mann und Frau gehn durch die Krebsbaracke

Der Mann:
Hier diese Reihe sind zerfallene Schöße
und diese Reihe ist zerfallene Brust.
Bett stinkt bei Bett. Die Schwestern wechseln stündlich.

Komm, hebe ruhig diese Decke auf.
Sieh, dieser Klumpen Fett und faule Säfte,
das war einst irgendeinem Mann groß
und hieß auch Rausch und Heimat.

Komm, sieh auf diese Narbe an der Brust.
Fühlst du den Rosenkranz von weichen Knoten?
Fühl ruhig hin. Das Fleisch ist weich und schmerzt
    nicht.

Hier diese blutet wie aus dreißig Leibern.
Kein Mensch hat so viel Blut.
Hier dieser schnitt man
erst noch ein Kind aus dem verkrebsten Schoß.

Man läßt sie schlafen. Tag und Nacht. – Den Neuen
sagt man: Hier schläft man sich gesund. – Nur
      Sonntags
für den Besuch läßt man sie etwas wacher.

Nahrung wird wenig noch verzehrt. Die Rücken
sind wund. Du siehst die Fliegen. Manchmal
wäscht sie die Schwester. Wie man Bänke wäscht.

Hier schwillt der Acker schon um jedes Bett.
Fleisch ebnet sich zu Land. Glut gibt sich fort.
Saft schickt sich an zu rinnen. Erde ruft.

Nachtcafé

824: Der Frauen Liebe und Leben.
Das Cello trinkt rasch mal. Die Flöte
rülpst tief drei Takte lang: das schöne Abendbrot.
Die Trommel liest den Kriminalroman zu Ende.

Grüne Zähne, Pickel im Gesicht
winkt einer Lidrandentzündung.

Fett im Haar
spricht zu offenem Mund mit Rachenmandel
Glaube Liebe Hoffnung um den Hals.

Junger Kropf ist Sattelnase gut.
Er bezahlt für sie drei Biere.

Bartflechte kauft Nelken.
Doppelkinn zu erweichen.

B-moll: die 35. Sonate.
Zwei Augen brüllen auf:
Spritzt nicht das Blut von Chopin in den Saal,
damit das Pack drauf rumlatscht!
Schluß! He, Gigi! –

Die Tür fließt hin: ein Weib.
Wüste ausgedörrt. Kanaanitisch braun.
Keusch. Höhlenreich. Ein Duft kommt mit. Kaum
      Duft.
Es ist nur eine süße Vorwölbung der Luft
gegen mein Gehirn.

Eine Fettleibigkeit trippelt hinterher.

D-Zug

Braun wie Kognak. Braun wie Laub. Rotbraun.
      Malaiengelb.
D-Zug Berlin-Trelleborg und die Ostseebäder.

Fleisch, das nackt ging.
Bis in den Mund gebräunt vom Meer.
Reif gesenkt, zu griechischem Glück.
In Sichel-Sehnsucht: wie weit der Sommer ist!
Vorletzter Tag des neunten Monats schon!

Stoppel und letzte Mandel lechzt in uns.
Entfaltungen, das Blut, die Müdigkeiten,
die Georginennähe macht uns wirr.

Männerbraun stürzt sich auf Frauenbraun:

Eine Frau ist etwas für eine Nacht.
Und wenn es schön war, noch für die nächste!
Oh! Und dann wieder dies Bei-sich-selbst-sein!
Diese Stummheiten! Dies Getriebenwerden!

Eine Frau ist etwas mit Geruch.
Unsägliches! Stirb hin! Resede.
Darin ist Süden, Hirt und Meer.
An jedem Abhang lehnt ein Glück.

Frauenhellbraun taumelt an Männerdunkelbraun:

Halte mich! Du, ich falle!
Ich bin im Nacken so müde.
Oh, dieser fiebernde süße
letzte Geruch aus den Gärten.

Untergrundbahn

Die weichen Schauer. Blütenfrühe. Wie
aus warmen Fellen kommt es aus den Wäldern.
Ein Rot schwärmt auf. Das große Blut steigt an.

Durch all den Frühling kommt die fremde Frau.
Der Strumpf am Spann ist da. Doch, wo er endet,
ist weit von mir. Ich schluchze auf der Schwelle:
laues Geblühe, fremde Feuchtigkeiten.

Oh, wie ihr Mund die laue Luft verpraßt!
Du Rosenhirn, Meer-Blut, du Götter-Zwielicht,
du Erdenbeet, wie strömen deine Hüften
so kühl den Gang hervor, in dem du gehst!

Dunkel: nun lebt es unter ihren Kleidern:
nur weißes Tier, gelöst und stummer Duft.

Ein armer Hirnhund, schwer mit Gott behangen.
Ich bin der Stirn so satt. Oh, ein Gerüste
von Blütenkolben löste sanft sie ab
und schwölle mit und schauerte und triefte.

So losgelöst. So müde. Ich will wandern.
Blutlos die Wege. Lieder aus den Gärten.
Schatten und Sintflut. Fernes Glück: ein Sterben
hin in des Meeres erlösend tiefes Blau.

Drohungen

Aber wisse:
Ich lebe Tiertage. Ich bin eine Wasserstunde.
Des Abends schläfert mein Lid wie Wald und
            Himmel.
Meine Liebe weiß nur wenig Worte:

Es ist so schön an deinem Blut. –

Mein königlicher Becher!
Meine schweifende Hyäne!

Komm in meine Höhle. Wir wollen helle Haut sein.
Bis der Zedernschatten über die kleine Eidechse lief:
Du – Glück –

Ich bin Affen-Adam. Rosen blühn in mein Haar.
Meine Vorderflossen sind schon lang und haarig.
Baumast-lüstern. An den starken Daumen
Kann man tagelang herunterhängen. –

Ich treibe Tierliebe.
In der ersten Nacht ist alles entschieden.
Man faßt mit den Zähnen, wonach man sich sehnt.
Hyänen, Tiger, Geier sind mein Wappen. –

Nun fährst du über Wasser. Selbst so segelhaft.
Blondhäutig. Kühles Spiel.
Doch bitterrot, das Blut darin ist tot,
Ein Spalt voll Schreie ist dein Mund.
Du, daß wir nicht an einem Ufer landen!
Du machst mir Liebe: blutigelhaft:
Ich will von dir. –

Du bist Ruth. Du hast Aehren an deinem Hut.
Dein Nacken ist braun von Makkabäerblut.
Deine Stirn ist fliehend: Du sahst so lange
Ueber die Mandeln nach Boas aus.
Du trägst sie wie ein Meer, daß nichts Vergossenes
Im Spiel die Erde netzt.

Nun rüste einen Blick durch deine Lider:

Sieh: Abgrund über tausend Sternen naht.
Sieh: Schlund, in den du es ergießen sollst.
Sieh: Ich. –

Hier ist kein Trost

Keiner wird mein Wegrand sein.
Laß deine Blüten nur verblühen.
Mein Weg flutet und geht allein.

Zwei Hände sind eine zu kleine Schale.
Ein Herz ist ein zu kleiner Hügel,
um dran zu ruhn.
Du, ich lebe immer am Strand
und unter dem Blütenfall des Meeres,
Ägypten liegt vor meinem Herzen,
Asien dämmert auf.

Mein einer Arm liegt immer im Feuer.
Mein Blut ist Asche. Ich schluchze immer
vorbei an Brüsten und Gebeinen
den tyrrhenischen Inseln zu:

Dämmert ein Tal mit weißen Pappeln
ein Ilyssos mit Wiesenufern
Eden und Adam und eine Erde
aus Nihilismus und Musik.

Finish

I

Das Speiglas – den Ausbrüchen
so großer grüner warmer Flüsse
nicht im entferntesten gewachsen –
schlug endlich nieder.
Der Mund fiel hinterher. Hing tief. Sog
schluckweis Erbrochenes zurück. Enttäuschte
jedes Vertrauen. Gab Stein statt Brot
dem atemlosen Blut.

II

Der kleine Klumpen roch wie ein Hühnerstall,
schlug hin und her. Wuchs. Ward still.

Die Enkelin spielte das alte Spiel:
Wenn Großmutter schläft:
Um die Schlüsselbeine war es so eingesunken,
daß sie Bohnen drin versteckte.
In die Kehle paßte sogar ein Ball,
wenn man den Staub rausblies.

III

Es handelte sich für ihn um einen Spucknapf mit
     Pflaumenkernen.
Da kroch er hin und biß die Steine auf.
Man warf ihn zurück in sein Kastenbett,
und der Irre starb in seiner Streu.

Gegen Abend kam der Oberwärter
und schnauzte die Wächter an:
Ihr verdammten Faultiere,
warum ist der Kasten noch nicht ausgeräumt?

IV   Requiem:

Ein Sarg kriegt Arbeit und ein Bett wird leer.
Wenn man bedenkt: ein paar verlorene Stunden
haben nun in die stille Nacht gefunden
und wehen mit den Wolken hin und her.

Wie weiß sie sind! Die Lippen auch. Wie Garben
aus Schnee, ein Saum vom großen Winterland
tröstenden Schnees, erlöst vom Trug der Farben,
Hügel und Tal in einer flachen Hand,

Nähe und Ferne eins und ausgeglichen.
Die Flocken wehn ins Feld, dann noch ein Stück,
dann ist der letzte Funken Welt verblichen.
O kaum zu denken! Dieses ferne Glück!

Gesänge

I

O daß wir unsere Ururahnen wären.
Ein Klümpchen Schleim in einem warmen Moor.
Leben und Tod, Befruchten und Gebären
glitte aus unseren stummen Säften vor.

Ein Algenblatt oder ein Dünenhügel,
vom Wind Geformtes und nach unten schwer.
Schon ein Libellenkopf, ein Möwenflügel
wäre zu weit und litte schon zu sehr.

II

Verächtlich sind die Liebenden, die Spötter,
alles Verzweifeln, Sehnsucht, und wer hofft.
Wir sind so schmerzliche durchseuchte Götter
und dennoch denken wir des Gottes oft.

Die weiche Bucht. Die dunklen Wälderträume.
Die Sterne, schneeballblütengroß und schwer.
Die Panther springen lautlos durch die Bäume.
Alles ist Ufer. Ewig ruft das Meer –

Da fiel uns Ikarus vor die Füße,
schrie: treibt Gattung, Kinder!
Rein ins schlechtgelüftete Thermopylä! –
Warf uns einen seiner Unterschenkel hinterher,
schlug um, war alle.

Pastorensohn

Von Senkern aus dem Patronat,
aus Grafenblasen, Diadochen
beschiffte Windeln um die Knochen
beflaggte noch vom Darmsalat.

Der Alte pumpt die Dörfer rum
und klappert die Kollektenmappe,
verehrtes Konsistorium,
Fruchtwasser, neunte Kaulquappe.

Der Alte ist im Winter grün
wie Mistel und im Sommer Hecken,
lobsingt dem Herrn und preiset ihn
und hat schon wieder Frucht am Stecken.

In Gottes Namen denn, mein Sohn,
ein feste Burg und Stipendiate,
Herr Schneider Kunz vom Kirchenrate
gewährt dir eine Freiportion.

In Gottes Namen denn, habt acht,
bei Mutters Krebs die Dunstverbände
woher –? Befiehl du deine Hände –
zwölf Kinder heulen durch die Nacht.

Der Alte ist im Winter grün
wie Mistel und im Sommer Hecke,
'ne neue Rippe und sie brühn
schon wieder in die Betten Flecke.

Verfluchter alter Abraham,
zwölf schwere Plagen Isaake
haun dir mit einer Nudelhacke
den alten Zeugeschwengel lahm.

Von wegen Land und Lilientum
Brecheisen durch die Gottesflabbe –
verehrtes Konsistorium,
Gut Beil, die neunte Kaulquappe!

Karyatide

Entrücke dich dem Stein! Zerbirst
die Höhle, die dich knechtet! Rausche
doch in die Flur! Verhöhne die Gesimse –
sieh: durch den Bart des trunkenen Silen
aus einem ewig überrauschten
lauten einmaligen durchdröhnten Blut
träuft Wein in seine Scham!

Bespei die Säulensucht: toderschlagene
greisige Hände bebten sie
verhangenen Himmeln zu. Stürze
die Tempel vor die Sehnsucht deines Knies,
in dem der Tanz begehrt!

Breite dich hin, zerblühe dich, oh, blute
dein weiches Beet aus großen Wunden hin:
sieh, Venus mit den Tauben gürtet
sich Rosen um der Hüften Liebestor –
sieh dieses Sommers letzten blauen Hauch
auf Astermeeren an die fernen
baumbraunen Ufer treiben; tagen
sieh diese letzte Glück-Lügenstunde
unserer Südlichkeit
hochgewölbt.

Aufblick

Heimstrom quillt auf zu Hunger und Geschlecht.
O Mühlenglück! O Abhang! Glutgefälle
stürmt noch die alte Sonne; schon verhöhnt
Neu-Feuer sie und um Andromeda
der frische Nebel schon,
o Wander-Welt!
Vermetzung an die Dinge: Nacht-Liebe, Wiesenakt:
Ich: lagernd, bestoßen, das Gesicht voll Sterne,
aus Pranken-Ansprung, Zermalmungsschauer
blaut küstenhaft wie Bucht das Blut
mir Egge, Dolch und Hörner.
Noch Weg kausalt sich höckrig durch die Häuser
des immanenten Packs, mit Fratzen
des Raums bestanden, drohend
Unendlichkeit.
Mir aber glüht sich Morgenlicht
entraumter Räume um das Knie,
ein Hirtengang eichhörnchent in das Laub,
Euklid am Meere singt zur Dreiecksflöte:
O Rosenholz! Vergang! Amati-Cello!

Kretische Vase

Du, die Lippe voll Weingeruch,
blauer Ton-Zaun, Rosen-Rotte
um den Zug mykenischen Lichts,
Un-geräte, Tränke-Sehnsucht
weit verweht.

Lockerungen. Es vollzieht sich
Freigebärung. Lose leuchtend
Tiere, Felsen, Hell-Entzwecktes:
Veilchenstreifen, laue Schädel
wiesenblütig.

Welle gegen Starr und Stirn,
Glüher tiefer Bacchanale
gegen die Vernichtungsmale:
Aufwuchs und Bewußtseinshirn,
spüle, stäube – Knabenhände,
Läufer glieder, raumumschlungen,
stranden dich zu Krug und Hang,
wenn bei Fischkopf, Zwiebel, Flöten
Leda-Feste rosenröten
Paarung, Fläche, Niedergang.

O Nacht –:

O Nacht! Ich nahm schon Kokain,
und Blutverteilung ist im Gange,
das Haar wird grau, die Jahre fliehn,
ich muß, ich muß im Überschwange
noch einmal vorm Vergängnis blühn.

O Nacht! Ich will ja nicht so viel,
ein kleines Stück Zusammenballung,
ein Abendnebel, eine Wallung
von Raumverdrang, von Ichgefühl.

Tastkörperchen, Rotzellensaum,
ein Hin und Her und mit Gerüchen,
zerfetzt von Worte-Wolkenbrüchen –:
zu tief im Hirn, zu schmal im Traum.

Die Steine flügeln an die Erde,
nach kleinen Schatten schnappt der Fisch,
nur tückisch durch das Ding-Gewerde
taumelt der Schädel-Flederwisch.

O Nacht! Ich mag dich kaum bemühn!
Ein kleines Stück nur, eine Spange
von Ichgefühl – im Überschwange
noch einmal vorm Vergängnis blühn!

O Nacht, o leih mir Stirn und Haar,
verfließ dich um das Tag-verblühte;
sei, die mich aus der Nervenmythe
zu Kelch und Krone heimgebar.

O still! Ich spüre kleines Rammeln:
Es sternt mich an – es ist kein Spott –:
Gesicht, ich: mich, einsamen Gott,
sich groß um einen Donner sammeln.

Durchs Erlenholz kam sie entlang gestrichen – – – –

die Schnepfe nämlich – erzählte der Pfarrer –:
Da traten kahle Äste gegen die Luft: ehern.
Ein Himmel blaute: unbedenkbar. Die Schulter mit
        der Büchse,
des Pfarrers Spannung, der kleine Hund,
selbst Treiber, die dem Herrn die Freude gönnten:
Unerschütterlich.
Dann weltumgoldet: der Schuß:
Einbeziehung vieler Vorgänge,
Erwägen von Möglichkeiten,
Bedenkung physikalischer Verhältnisse,
einschließlich Parabel und Geschoßgarbe,
Luftdichte, Barometerstand, Isobaren – –
aber durch alles hindurch: die Sicherstellung,
die Ausschaltung des Fraglichen,
die Zusammenraffung,
eine Pranke in den Nacken der Erkenntnis,
blutüberströmt zuckt ihr Plunder
unter dem Begriff: Schnepfenjagd.
Da verschied Kopernikus. Kein Newton mehr.
                        Kein drittes Wärmegesetz –
eine kleine Stadt dämmert auf: Kellergeruch:
        Konditorjungen,
Bedürfnisanstalt mit Wartefrau,
das Handtuch über den Sitz wischend
zum Zweck der öffentlichen Gesundheitspflege;
ein Büro, ein junger Registrator
mit Ärmelschutz, mit Frühstücksbrötchen
den Brief der Patentante lesend.

Das Plakat

Früh, wenn der Abendmensch ist eingepflügt
und bröckelt mit der kalten Stadt im Monde;
wenn Logik nicht im ethischen Konnex,
nein, kategorisch wuchtet; Mangel an Aufschwung
Bejahung stänkert, Klammerung an Zahlen
(zumal wenn teilbar), Einbeinung in den Gang
nach Krankenhaus, Fabrik, Registratur
im Knie zu Hausbesitzerverein, Geschlechtsbejahung,
Fortpflanzung, staatlichem Gemeinsystem
ingrimmige Bekennung –
tröstet den Trambahngast
allein das farbenprächtige Plakat.
Es ist die Nacht, die funkelt. Die Entrückung.
Es gilt dem kleinen Mann: selbst kleinem Mann
steht offen Lust zu! Städtisch unbehelligt:
die Einsamkeit, die Heimkehr in das Blut.
Rauschwerte werden öffentlich genehmigt.
Entformung, selbst Vergessen der Fabrik
soll zugestanden sein: ein Polizist
steht selber vor der einen Litfaßsäule! –
O Lüftung! Warme Schwellung! Stirnzerfluß!
Und plötzlich bricht das Chaos durch die Straßen:
Enthemmungen der Löcher und der Lüste,
Entsinkungen: die Formen tauen
sich tot dem Strome nach.

Das Instrument

O du Leugnung Berkeleys,
breitbäuchig wälzt der Raum sich dir entgegen!
Gepanzertstes Gehirn zum Zweck des Zweckes,
funkelnd vor Männerfaust, bekämpfter Kurzsichtigkeit
          und jener Achselhöhle,
des Morgens nur ganz sachlich ausgewaschen! –

Der Mann im Sprung, sich bäumend vor Begattung,
Straußeier fressend, daß die Schwellung schwillt.
Harnröhrenplätterin, Mutterband nadelnd
ans Bauchfett für die Samen-Winkelriede! – –

O nimm mich in den Jubel deiner Kante:
Der Raum ist Raum! O, in das Blitzen
des Griffes: Fokus, virtuelles Bild,
gesetzlich abgespielt! O, in den Augen
der Spitze funkelt
bieder blutgeboren:
ZIEL.

Notturno

Schlamme den grauenvollen Unterleib,
die fratzenhafte Spalte, die Behaarung,
den Rumpf, das Leibgesicht, das Afternahe,
das sich im Dunkel vorfühlt, über meinen:

Füllt euch bis an die Gurgeln!
Verfilzt das Röhricht!
Beißt euch an die Wurzeln!
Schon ist ein Wehen an den Schläfen,
Entquellungen und Sammlung oberhalb –

Schlachtet und klafft und brütet und verdickt euch:
Aufrauschung will geschehn: Mein Hirn!! Oh! Ich! –

Flutet die Scham in Trümmer durch die Nacht –:
... Nun steht es dunkelblau
gewölbt von Stern und Licht. –

Blut-über. Schamstill. Irdisch abgenabelt.
In sich. Der Kreis. Der Einsame. Das Glück.
Halbgöttisch prüft die Hand die kühle
Sterntraube. Schmale helle Luft die Lippe
saugt sich ans Herz gedehnten Zuges. –

Geschlechtszersetzungen. Zerfall
der Artbedienung: Augen aufgetrunken,
Ohren zerrauscht, verwehend Lippe:
Hirnscheitelsonne. Schattenentsteigung:
Ich!? –

Ausgenackt, Hirn-anadyomene ...??
Man bläfft die Sterne an,
und von der Schulter schmilzt das Meer,
und die Koralle aus dem Haar
und von dem Knie der Fisch –
aber die rauhe Muschel am Gemächte ...??
Flutschändung! Schlammblut!

Und noch nicht schattenlos …? Die kleinen Monde
der blauen Dunkel um den Fuß der Brust?
Und Mittagszeit …? Und Nächtigung
im Mittagsauge …? –

Und leiser Überfall …? Und Uferschatten …?
Zeltgiebel wieder …? Rauchhemmungen
des Lichts …? Ein Aasgestank nach Zunge …?
Wo bist du, Nackter?!!
Schwinge!
Flügelrausche!!
Entfaltung!!!? –

Keine Antwort? Schweigen? Schielen nach der
          Vorhaut?
Rückzug? Gutes altes Ludentum …?
Zerrinnung? Wahnwort? Vögelhypothese …??

In die Knie, Hund!
Bedunste dich!!
Rumpf, Leibgesicht, Afternahes,
über ihn! –

Ball

Ball. Hurenkreuzzug. Syphilisquadrille.
Eiert die Hirne ab, die Sackluden!
Mit diesen meinen Zähnen: zerrissen, zerbissen
Hundebregen, Männer-, Groß- und Kleinhirne:
selbst ihre Syntax klappert nach der Scheide.

Mich bauern Dorfglücke an: Kausaltriebe,
Ölzweige, stetige Koordinaten –:
Heran zu mir, ihr Heerschar der Verfluchten,
schakal mir nach den eingegrabenen Samen:
Entlockung! Schleuderhonig! Keimverderb!

Ihr Stallverrecken, Misthaufen-Augenbruch,
verweste Blasen, Veilchenfrau-Verhungern,
ihr brandiges Geblüte – Kanalfischer,
heringsfängert ans Land
die Hodenquallen!

Finale! Huren! Grünspan der Gestirne!
Verkäst die Herrn! Speit Beulen in die Knochen!
Rast, salometert bleiche Täuferstirnen!

O Geist

O Geist, entfremdetest du dich! o glühe
ein einzig Mal aus Sturm- und Sterngewalten,
aus Wolkenbruch der Ferne, die
nicht Fleische zügeln und Gehirne spalten,
o Geist, o wehe doch, wie die Propheten
dich priesen – sieh, ich ringe
in Blut nach einem fernen, sterne-steten!

Wer bist du, höhnt das Mark, es stammen doch
aus meiner Wiege deine Glieder;
vergessen, wie es einst bei dir nach Mieder
und Schenkel roch?

O rauschtest du wie Meer: ich vogelfreie!
Wie Sonne stürmisch: Ich,
Entschwänzter, glühe, pfingste, sternen-maie!

Und wieder Ruf: ich ging nach Liebesrosen
zum Markt. Geschiebe. In den Bretterbauden
Gemüsefrauen, Psychophysenfosen,
verpantarheierten Kohlrabistauden –!
O sängest du nun Abgrund, Schwankung, Süd:
Ich bin die Ferne, hergeweht
aus meinen arktischen Gezeiten,
jenseitige und sterne-stet …!
O sängest du aus Götterweiten
einmal dies Rosenmöwenlied!

Synthese

Schweigende Nacht. Schweigendes Haus.
Ich aber bin der stillsten Sterne,
ich treibe auch mein eignes Licht
noch in die eigne Nacht hinaus.

Ich bin gehirnlich heimgekehrt
aus Höhlen, Himmeln, Dreck und Vieh.
Auch was sich noch der Frau gewährt,
ist dunkle süße Onanie.

Ich wälze Welt. Ich röchle Raub.
Und nächtens nackte ich im Glück:
es ringt kein Tod, es stinkt kein Staub
mich, Ich-Begriff, zur Welt zurück.

Prolog 1920

Wie Kranz auf Kinderstirn, wie Rosenrot,
Granat am Ast selbst der Gefesselte
ihr alle an euerm Schicksal schwebt,
Knappen, Amoretten, Olympier,
Ledaflaneure, Hyazinthenhäupter,
noch wo ihr mit der tiefen Fackel steht,
ihr Hermen um die Blütensarkophage –
mit unsern Tränen seid ihr längst
aus allen Felsen losgewaschen.

Die Kreuze wildern auf der Schädelstätte,
Götzen und Häscher, blutflüssig dürstende
Pilatusschnauzen, Tempeljalousien
zerreißen unaufhörlich, mitternächtlich
krähn Hühnerhöfe, Zucht- und Brutkomplexe,
Verrat an Gott- und Menschen-Familiärem,
niemand weint bitterlich, man lacht, man lacht,
he, he, die Schädelstätte Abendland,
beschädigt Crescenzen, Wermutsterne,
die Orgie 1920.

Totale Auflösung, monströseste Konglomerate,
neurotische Apokalypsen, transhumane Foken,
Jaktation, hybridestes Finale –:
Individual-Ich: abgetakelt,
Psychologie: zum Kotzen,
Entwicklungsprinzip: der Hund bleibt am Ofen,
Kausalgenese: wer will das wissen,
Ergebnis: réponse payée!!
Teilergebnis: verfaulter Daseine Gift und Gas,
was über die Lippen der Frühe ging,

die Morgenfrüchte, der wirre Wein,
unsrer Hirne sterbender Brand:

Wer je vor Afra stand, der Gedankenleserin,
dem Problem der Gleichförmigkeit des psychischen
   Geschehens;
je vor des Frankfurter Rektors Assoziationsversuchen
  an seinen Schülern
und der einfach stupenden Einförmigkeit von
   Reaktion und Qualität;
wer je aus der Kulturgeschichte ersah den Weg
   historischen Geschehns:
aus der Summation kleiner Reize und der
   Akkumulation trivialster Dyskrasien;
oder gar vor dem Problem der Typenbildung der
   Individualitätsreihen stand,
dem Somatischen des Systems und dem Sekretorischen
  der Synopsien –
was ruft der wohl noch vor des Statikers Epigenese
  und des Motorischen Evolution,
des Dynamikers Juchhe, des Depressiven Basiliken,
dem Filigran des Neurotikers und der Distinction des
   brute?
Wo ist das große Nichts der Tiere?
Giraffe, halkyonisch, Känguruh,
du, du bist in Arkadien geboren,
mein Beutelhase, grunz mir zu!

Gestalten alle, Wandelnde
des mythenlosen Schritts, Düpierte
Angeschmierte, Identität
der Zeugung Rache, Embonpoint –
Metaphysik latenter Antithesen,
Synopsen-Zuckerguß und -Yohimbin –

marmelnde Schädel, Katafalken,
Zucht-Maleachis, Sursum-Johannän,
Süßstoffe, Hundekuchen, Himbeersaft
Schutzbünder vor den allgemeinen Menschheitshintern,
im Wald und auf der Heide
Knospen-Manufaktur
Hauptgeschäft Port Said
Puff in Moscheeform
Marmortafel überm Eingang:
Hier wohnte die Stammutter der Menschheit,
los
ran –

Vorortdämonen. Etagen-Mephistophen,
Anti-Prometheus greift ins Grammophon –
Dumping-Gesetze für die Tantaliden
der ganze Orbis pictus lacht sich tot,
der alte Ptolemäus, Cap Farewell,
das ganze Feuerland, der Meere Mal:

»Prometheus, los, den Wudki an die Schnauze,
für diese Blase Leber und Ragout?
Syndetikon! Und schmiers dir auf die Plauze
und dann im Cutaway zum Rendez-vous –

Die Zeuse Kitsch, wo du die Fackeln klautest,
und sonst die Viechheit über Stall und Haus
wird schrein, als ob du auf die Pauke hautest,
Herr Branddirektor, Mensch, so siehst du aus.«

Strand

Mit jeder Welle schmetternd dich in Staub,
in Dorn des Ich, in alle Dünen
fruchtloser Schwemme, nicht zu sühnen
durch keinen Raum, durch keinen Raub –

immer um Feuerturm und Kattegatt
und Finisterre der letzten Ländlichkeiten,
die Bojen taumeln, hinter sich das Watt,
einäugig tote Unaufhörlichkeiten –

oh, ihrer Dialektik süßer Ton
des Möwentons gesammelt und zerrüttet –
Identität, astrales Monoton,
das nie verfließt und immer sich verschüttet –

du, durch die Nacht, die Türme wehn wie Schaum,
du, durch des Mittags felsernes Gehänge –
nur tauber Brand, nur leere Ränge
aus jedem Raub, aus jedem Raum.

Innerlich

I

Innerlich, bis man die Schwalbe greift,
Schwermut lagernd vor das Harngebilde,
bis man sich das Seelchen überstreift
knack die Braut, Gemüt und Schützengilde –

aber dann gehörig ausgeschlammt,
schließt sich die politische Kaverne,
fort den Kleister! und die Hölle flammt
frisch die Zentren an und Schädelkerne.

II

Knochen, schamlos, unbewohnt,
Nacht von Trümmern braun und brüchig,
alles faul und alles flüchtig,
Jurtenjahr und Raidenmond,

Palmbusch, Klatschmohn, Coquelicot,
Asphodelen, Gangesloten,
Strauchsymbole, Affenpfoten
aus dem großen Nitschewo.

III

Mein Blick, der über alle Himmel schied
und alle Flüsse, Styxe und Saline,
kennt nur noch eine Reise: in das Lid
unter die Konjunktiven-Baldachine.

Was war der Trall, was ward das Gottgefäß –
Furunkelhiob, Lazarusgehäuse,
Stinknase, Rotz, Karbunkel am Gesäß,
Kniewasser und den Hodenschurz voll Läuse.

IV

Auf alte Weiber stürzt man sich, zur Blüte
des Greisentums, zu letzter Kommunion
entleide mich, entlichte mich, entwüte –
Zementfabrik, Treuhandel-Kommission.

An kalte Euter klotzt man die Gedärme
nach Mutterkuchenfett und Molkenkuh,
schon halben Leichen scheucht die Bärme
zersetzten Hirns den Schädelkranken zu.

V

Das Dichterpack, der abgefeimte Pöbel,
das Schleimgeschmeiß, der Menschheitslititi,
ein Stuhlbein her, ein alter Abtrittsmöbel,
ein Schlag – der Rest ist Knochenchirurgie.

Und dann den Mörtel auf die Strafgalionen
verlötet und den After zugespickt,
Gehirn-Kamorra, Barrabas-Kujonen,
nun den gestirnten Himmel angenickt.

VI

O Seele, futsch die Apanage
Baal-Bethlehem, der letzte Ship,
hau ab zur Augiasgarage,
friß Saures, hoch der Drogenflipp –,

im kalten Blick Verströmungsdränge,
Orgasmen in den leeren Raum,
Visions-Verkalkungsübergänge,
Geröll im Traum.

Curettage

Nun liegt sie in derselben Pose,
wie sie empfing,
die Schenkel lose
im Eisenring.

Der Kopf verströmt und ohne Dauer,
als ob sie rief:
gib, gib, ich gurgle deine Schauer
bis in mein Tief.

Der Leib noch stark von wenig Äther
und wirft sich zu:
nach uns die Sintflut und das Später
nur du, nur du …

Die Wände fallen, Tische und Stühle
sind alle voll von Wesen, krank
nach Blutung, lechzendem Gewühle
und einem nahen Untergang.

Das späte Ich

I

O du, sieh an: Levkoienwelle,
der schon das Auge übergeht,
Abgänger, Eigen-Immortelle,
es ist schon spät.

Bei Rosenletztem, da die Fabel
des Sommers längst die Flur verließ –
moi haïssable,
noch so mänadisch analys.

II

Im Anfang war die Flut. Ein Floß Lemuren
schiebt Elch, das Vieh, ihn schwängerte ein Stein.
Aus Totenreich, Erinnern, Tiertorturen
steigt Gott hinein.

Alle die großen Tiere: Adler der Kohorten,
Tauben aus Golgathal –
alle die großen Städte: Palm- und Purpurborden –
Blumen der Wüste, Traum des Baal.

Ost-Gerölle, Marmara-Fähre,
Rom, gib die Pferde des Lysippus her –
letztes Blut des weißen Stiers über die schweigenden
	Altäre
und der Amphitrite letztes Meer –

Schutt. Bacchanalien. Propheturen.
Barkarolen. Schweinerein.
Im Anfang war die Flut. Ein Floß Lemuren
schiebt in die letzten Meere ein.

III

O Seele, um und um verweste,
kaum lebst du noch und noch zuviel,
da doch kein Staub aus keinen Feldern,
da doch kein Laub aus keinen Wäldern
nicht schwer durch deine Schatten fiel.

Die Felsen glühn, der Tartarus ist blau,
der Hades steigt in Oleanderfarben
dem Schlaf ins Lid und brennt zu Garben
mythischen Glücks die Totenschau.

Der Gummibaum, der Bambusquoll,
der See verwäscht die Inkaplatten,
das Mondchâteau: Geröll und Schatten
uralte blaue Mauern voll.

Welch Bruderglück um Kain und Abel,
für die Gott durch die Wolken strich –
kausalgenetisch, haïssable:
das späte Ich.

Prolog

Verlauste Schieber, Rixdorf, Lichtenrade
Sind Göttersöhne und ins Licht gebeugt,
Freibier für Luden und Spionfassade –
Der warme Tag ist's, der die Natter zeugt:
Am Tauentzien und dann die Prunkparade
Der Villenwälder, wo die Chuzpe seucht:
Fortschritt, Zylinderglanz und Westenweiße
Des Bürgermastdarms und der Bauchgeschmeiße.

Jungdeutschland, hoch die Aufbauschiebefahne!
Refrains per Saldo! Zeitstrom, jeder Preis!
Der Genius und die sterblichen Organe
Vereint beschmunzeln ihm den fetten Steiß.
Los, gebt ihm Lustmord, Sodomitensahne
Und schäkert ihm den Blasenausgang heiß
Und singt dem Aasgestrüpp und Hurentorte
Empor! (zu Caviar). Sursum! (zur Importe.)

Vergeßt auch nicht die vielbesungne Fose
Mit leichter Venerologie bedeckt,
Bei Gasglühlicht und Saint-Lazare die Pose
Das kitzelt ihn, Gott, wie der Chablis schmeckt.
Und amüsiert das Vieh und Frau Mimose
Will auch was haben, was ein bißchen neckt –
Gott, gebt ihr doch, Gott, steckt ihr doch ein Licht
In die – ein Licht des Geistes ins Gesicht.

Die Massenjauche in den Massenkuhlen
Die stinkt nicht mehr, die ist schon fortgetaut.
Die Börsenbullen und die Bänkeljulen
Die haben Deutschland wieder aufgebaut.
Der Jobber und die liederreichen Thulen,
Zwei Ferkel, aus demselben Stall gesaut –
Streik? Dowe Bande! Eignes Licht im Haus!
Wer fixt per Saldo kessen Schlager raus?

Avant! Die Hosen runter, smarte Geister,
An Spree und Jordan großer Samenfang!
Und dann das Onanat mit Demos-Kleister
Versalbt zu flottem Nebbich mit Gesang.
Hoch der Familientisch! Und mixt auch dreister
Den ganzen süßen Westen mitten mang –
Und aller Fluch der ganzen Kreatur
Gequälten Seins in Eure Appretur.

Schutt

Spuk. Alle Skalen
toset die Seele bei Nacht,
Griff und Kuß und die fahlen
Fratzen, wenn man erwacht.
Bruch, und ach deine Züge
alle funkelnd von Flor,
Maréchal Niel der Lüge –
never –, o nevermore.

Schutt, alle Trümmer
liegen morgens so bloß,

wahr ist immer nur eines:
du und das Grenzenlos –
trinke und alle Schatten
hängen die Lippe ins Glas,
fütterst du dein Ermatten –
laß –!

Schamloses Schaumgeboren,
Akropolen und Gral,
Tempel, dämmernde Foren
katadyomenal;
fiebernde Galoppade,
Spuk, alle Skalen tief
schluchzend Hypermalade,
letztes Pronom jactif.

Komm, die Lettern verzogen,
hinter Gitter gebannt,
himmelleer, schütternde Wogen
alles, Züge und Hand.
Fall: verwehende Märe,
Wandel: lächelt euch zu –
alles: Sonne und Sphäre,
Pole und Astren: du.

Komm, und drängt sich mit Brüsten
Eutern zu Tête-à-tête
letztes Lebensgelüsten,
laß, es ist schon zu spät,
komm, alle Skalen tosen
Spuk, Entformungsgefühl –
komm, es fallen wie Rosen
Götter und Götter-Spiel.

Chaos

Chaos – Zeiten und Zonen
bluffende Mimikry,
großer Run der Aeonen
in die Stunde des Nie –
Marmor Milets, Travertine,
hippokratischer Schein,
Leichenkolombine:
die Tauben fliegen ein.

Ebenbild, inferniertes,
Erweichungsparasit,
Formen-onduliertes
lachhaft und sodomit
lobe –: die Hirne stümmeln
leck im Sursumscharnier,
den Herrn –: die Hirne lümmeln
Leichenwachs, Adipocire.

Bruch. Gonorrhoische Schwarten
machen das Weltgericht:
Waterloo: Bonaparten
paßte der Sattel nicht –
Fraß, Suff, Gifte und Gase –
wer kennte Gottes Ziel
anders als: Ausgang der Blase
erektil?

Fatum. Flamingohähne,
Geta am Darm kommod,
anderweit Tierschutzmäzene
kommt, ersticht ihn beim Kot –

Fraß, Suff, Seuchen und Stänke
um das Modder-Modell –
à bas die Kränke:
Individuell.

Keine Flucht. Kein Rauschen.
Chaos. Brüchiger Mann.
Fraß, Suff, Säfte tauschen
ihm was Lebendes an,
mit im Run der Aeonen
in die Stunde des Nie
durch der Zeiten und Zonen
leere Melancholie.

Nebel

Ach, du zerrinnender
und schon gestürzter Laut,
eben beginnender
Lust vom Munde getaut,
ach so zerrinnst du,
Stunde, und hast kein Sein,
ewig schon spinnst du
weit in die Nebel dich ein.

Ach, wir sagen es immer,
daß es nie enden kann,
und vergessen den Schimmer
Schnees des neige d'antan,

in das durchküßte, durchtränte
nächtedurchschluchzte Sein
strömt das Fließend-Entlehnte,
spinnen die Nebel sich ein.

Ach, wir rufen und leiden
ältesten Göttern zu:
ewig über uns beiden
»immer und alles: du«,
aber den Widdern, den Zweigen,
Altar und Opferstein,
hoch zu den Göttern, die schweigen,
spinnen die Nebel sich ein.

Die Dänin

I

Charon oder die Hermen
oder der Daimlerflug,
was aus den Weltenschwärmen
tief dich im Atem trug,
war deine Mutter im Haine
südlich, Thalassa, o lau –
trug deine Mutter alleine
dich, den nördlichen Tau –

meerisch lagernde Stunde,
Bläue, mythischer Flor,
eine Muschel am Munde,
goldene Conca d'or –

die dich im Atem getragen:
da bist du: und alles ist gut,
was in Kismet und Haimarmene
und Knien der Götter ruht.

Stehst du, ist die Magnolie
stumm und weniger rein,
aber die große Folie
ist dein Zerlassensein:
Stäubende: – tiefe Szene,
wo sich die Seele tränkt,
während der Schizophrene
trostlos die Stirne senkt.

Rings nur Rundung und Reigen,
Trift und lohnende Odds –
ach, wer kennte das Schweigen
schlummerlosen Gotts –
noch um die Golgathascheite
schlingt sich das goldene Vließ:
»morgen an meiner Seite
bist du im Paradies.«

Auch Prometheus in Schmieden
ist nicht der einsame Mann,
Io, die Okeaniden
ruft er als Zeugen an –
Philosophia perennis,
Hegels schauender Akt –:
Biologie und Tennis
über Verrat geflaggt.

Monde fallen, die Blüte
fällt im Schauer des Spät,
Nebel am Haupt die Mythe
siegenden Manns vergeht,
tief mit Rosengefälle
wird nur Verwehtes beschenkt,
während die ewige Stelle
trostlos die Stirne senkt.

II

Es ist kaum zu denken:
du in dem Garten am Meer,
die Wasser heben und senken
das Ewig-Sinnlose her,
vermischte – Didos Karthagen
und vom Saharaportal –
vermischte Wasser tragen
dahin Notturn final.

Die Fjorde blau, die Tore,
der Donner und das Licht,
durch die das Oratore
der großen Erde bricht,
davon bist du die Dolde
und blühst den Himmeln zu,
und doch des Nichts Isolde,
Vergänglichkeit auch du.

Um deinen Bau, Terrasse,
zerfällt das Nelkenhaus,
der Gärtner fegt die blasse
verblühte Stunde aus,

auch du, woher geschritten,
auch du, wohin verweht,
und was um dich gelitten,
wird auch schon kühl und spät.

Wo Räume uns umziehen,
durch die schon mancher ging,
und Wolke, die im Fliehen
um andre Häupter hing,
und Land sich an Gestalten
mit tausend Trieben gibt,
den sterblichen Gewalten,
die so wie du geliebt.

In Mythen tief, in Sagen
liegt schon der Garten am Meer;
Zerfall, in wieviel Tagen
sind Gärten und Meere leer,
vermischte – Didos Zeiten
und vom Saharaportal –
tragen die Einsamkeiten
weiter – Notturn final.

Wer bist du –

Wer bist du – alle Mythen
zerrinnen. Was geschah,
Chimären, Leda-iten
sind einen Kniefall da,

gemalt mit Blut der Beeren
der Trunkenen Schläfe rot,
und die – des Manns Erwehren –
die nun als Lorbeer loht,

mit Schlangenhaar die Lende
an Zweig und Thyrsenstab,
in Trunkenheit und Ende
und um ein Göttergrab –

was ist, sind hohle Leichen,
die Wand aus Tang und Stein,
was scheint, ist ewiges Zeichen
und spielt die Tiefe rein –

in Schattenflur, in Malen,
das sich der Form entwand –:
Ulyss, der nach den Qualen
schlafend die Heimat fand.

Entwurzelungen

Vage Entwurzelungen,
Lösungszwänge, wer heilt
Tage und Alterungen
dessen, der ahnt und eilt,
der seine Stirn den Keulen
aller Zersprengungen gab
von den punischen Säulen
bis an Astartes Grab.

Selber wo Balustraden
mit Levkoien, auch Gras
zu Verfallungen laden,
niemals geschieht es, daß –
niemals die Lippen kosten
dessen, was sich verheißt,
dunkler als Kreuz ein Pfosten
trägt die Worte: »du weißt.«

Niemand ist Alles auf Erden.
In die Blüte des Lichts,
in die Aue des Werden
strömt die Seele ihr Nichts,
vom Acheron getrunken,
in Kraut, in pythischer Nacht
wie von Mord gesunken,
wie mit Tod verbracht.

Selbsterreger

Dir – von Sonnenblumen,
abgeloschnem Beet,
dir von Altertumen,
das zur Rüste geht,
Vendraminpalästen,
tödlichem Lagun,
wo das Herz in Resten
und die Blicke ruhn.

Dämmerungen – keine
Allgemeintendenz,
manchmal rührt ihn eine
leise Immanenz,
ihn, den Selbsterreger,
Stern und Sternentraum,
den Bewußtseinsträger
stumm im Eigenraum.

Es sind reife Tage,
Ausgang von August,
fast Phäakensage,
Asphodelentrust,
nirgends mehr Begründung
oder Geistesstrahl –:
dir – o Selbstentzündung,
tödliches Fanal!

Der Sänger

Keime, Begriffsgenesen,
Broadways, Azimut,
Turf- und Nebelwesen
mischt der Sänger im Blut,
immer in Gestaltung,
immer dem Worte zu
nach Vergessen der Spaltung
zwischen ich und du.

Neurogene Leier,
fahle Hyperämien,
Blutdruckschleier
mittels Koffein,
keiner kann ermessen
dies: dem einen zu,
ewig dem Vergessen
zwischen ich und du.

Wenn es einst der Sänger
dualistisch trieb,
heute ist er Zersprenger
mittels Gehirnprinzips,
stündlich webt er im Ganzen
drängend zum Traum des Gedichts
seine schweren Substanzen
selten und langsam ins Nichts.

Erst wenn

Nicht die Olivenlandschaft,
nicht das Tyrrhenische Meer
sind die große Bekanntschaft:
die weißen Städte sind leer,
die Dinge lagern in stummen
Gewölben aus Substanz,
und keine Schatten vermummen
den regungslosen Glanz.

Leer steht die Weinzisterne,
in Strahlen fassungslos
bietet sie nichts an Ferne
und an Zerstörungsstoß
und hilft nicht auszubreiten,
was im Gehirne schlief:
sie bietet Südlichkeiten,
doch nicht das Südmotiv.

Ein Hof polarer Reste,
Eiszeiten, Schollenwand
selbst um die Villa d'Este
und ihren Ginsterbrand:
erst wenn die Schöpfungswunde
sich still eröffnet hat,
steigt die Verströmungsstunde
vom Saum der weißen Stadt.

Schleierkraut

Schleierkraut, Schleierkraut rauschen,
rausche die Stunde an,
Himmel, die Himmel lauschen,
wer noch leben kann,
jeder weiß von den Tagen,
wo wir die Ferne sehn:
leben ist Brückenschlagen
über Ströme, die vergehn.

    Schleierkraut, Schleierkraut rauschen,
es ist die Ewigkeit,
wo Herbst und Rosen tauschen
den Blick vom Sterben weit,
da klingt auch von den Meeren
das Ruhelose ein,
von fahlen Stränden, von Schären
der Woge Schein.

Schleierkraut, Schleierkraut neigen
zu tief Musik,
Sterbendes will schweigen:
silence panique,
erst die Brücken geschlagen,
das Blutplateau,
dann, wenn die Brücken tragen,
die Ströme – wo?

Dunkler –

Dunkler kann es nicht werden
als diese Stunde, die sinkt,
mit allen Lasten der Erden
in fremder Nacht ertrinkt,
enteignen sich die Figuren
zu einer großen Gestalt,
drohen die Lemuren
aus dem Schattenwald.

Löst du dich von den Dingen,
trägst du fahles Los:
Trauermäntel schwingen
dir um Mund und Schoß –
faltest du die Blätter
jedes Einzelbaums,
bist du kein Verketter
deines Trance-Traums.

In Bewußtseinsbresche
über Ahnung still
steht die Weltenesche
Yggdrasil,
steht auch Aarons Rute
trocken eingestückt,
dann mit Wunderblute
Israel beglückt –

Dir nur sich enthüllte
bis zum Schlunde leer
ewig unerfüllte
promesse du bonheur,
dir nur kann es nicht werden,
jede Stunde, die sinkt,
mit allen Lasten der Erden
in fremder Nacht ertrinkt.

Jena

»Jena vor uns im lieblichen Tale«
schrieb meine Mutter von einer Tour
auf einer Karte vom Ufer der Saale,
sie war in Kösen im Sommer zur Kur;
nun längst vergessen, erloschen die Ahne,
selbst ihre Handschrift, Graphologie,
Jahre des Werdens, Jahre der Wahne,
nur diese Worte vergesse ich nie.

Es war kein berühmtes Bild, keine Klasse,
für lieblich sah man wenig blühn,
schlechtes Papier, keine holzfreie Masse,
auch waren die Berge nicht rebengrün,
doch kam man vom Lande, von kleinen Hütten,
so waren die Täler wohl lieblich und schön,
man brauchte nicht Farbdruck, man brauchte nicht
        Bütten,
man glaubte, auch andere würden es sehn.

Es war wohl ein Wort von hoher Warte,
ein Ausruf hatte die Hand geführt,
sie bat den Kellner um eine Karte,
so hatte die Landschaft sie berührt,
und doch – wie oben – erlosch die Ahne
und das gilt allen und auch für den,
die – Jahre des Werdens, Jahre der Wahne –
heute die Stadt im Tale sehn.

Trunkene Flut

Trunkene Flut,
trance- und traumgefleckt,
o Absolut,
das meine Stirne deckt,
um das ich ringe,
aus dem der Preis
der tiefen Dinge,
die die Seele weiß.

In Sternenfieber,
das nie ein Auge maß,
Nächte, Lieber,
daß man des Tods vergaß,
im Zeiten-Einen,
im Schöpfungsschrei
kommt das Vereinen,
nimmt hin – vorbei.

Dann du alleine
nach großer Nacht,
Korn und Weine
dargebracht,
die Wälder nieder,
die Hörner leer,
zu Gräbern wieder
steigt Demeter,

dir noch im Rücken,
im Knochenbau,
dann ein Entzücken,
ein Golf aus Blau,

von Tränen alt,
aus Not und Gebrest
eine Schöpfergestalt,
die uns leben läßt,

die viel gelitten,
die vieles sah,
immer in Schritten
dem Ufer nah
der trunkenen Flut,
die die Seele deckt
groß wie der Fingerhut
sommers die Berge fleckt.

Osterinsel

Eine so kleine Insel,
wie ein Vogel über dem Meer,
kaum ein Aschengerinnsel
und doch von Kräften nicht leer,
mit Steingebilden, losen,
die Ebene besät
von einer fast monstrosen
Irrealität.

Die großen alten Worte
– sagt Ure Vaeiko –
haben die Felsen zu Horte,
die kleinen leben so;

er schwelt auf seiner Matte
bei etwas kaltem Fisch,
hühnerfeindliche Ratte
kommt nicht auf seinen Tisch.

Vom Pazifik erschlagen,
von Ozeanen bedroht,
nie ward an Land getragen
ein Polynesierboot,
doch große Schwalbenfeiern
einem transzendenten Du,
Göttern von Vogeleiern
singen die Tänzer zu.

Tierhafte Alphabete
für Sonne, Mond und Stier
mit einer Haifischgräte
– Boustrophedonmanier –:
ein Zeichen für zwölf Laute,
ein Ruf für das, was schlief
und sich im Innern baute
aus wahrem Konstruktiv.

Woher die Seelenschichten,
da das Idol entsprang
zu diesen Steingesichten
und Riesenformungszwang –
die großen alten Worte
sind ewig unverwandt,
haben die Felsen zu Horte
und alles Unbekannt.

Sieh die Sterne, die Fänge

Sieh die Sterne, die Fänge
Lichts und Himmel und Meer,
welche Hirtengesänge,
dämmernde, treiben sie her,
du auch, die Stimmen gerufen
und deinen Kreis durchdacht,
folge die schweigenden Stufen
abwärts dem Boten der Nacht.

Wenn du die Mythen und Worte
entleert hast, sollst du gehn,
eine neue Götterkohorte
wirst du nicht mehr sehn,
nicht ihre Euphratthrone,
nicht ihre Schrift und Wand –
gieße, Myrmidone,
den dunklen Wein ins Land.

Wie dann die Stunden auch hießen,
Qual und Tränen des Seins,
alles blüht im Verfließen
dieses nächtigen Weins,
schweigend strömt die Aeone,
kaum noch von Ufern ein Stück –
gib nun dem Boten die Krone,
Traum und Götter zurück.

Du mußt dir alles geben

Gib in dein Glück, dein Sterben,
Traum und Ahnen getauscht,
diese Stunde, ihr Werben
ist so doldenverrauscht,
Sichel und Sommermale
aus den Fluren gelenkt,
Krüge und Wasserschale
süß und müde gesenkt.

Du mußt dir alles geben,
Götter geben dir nicht,
gib dir das leise Verschweben
unter Rosen und Licht,
was je an Himmeln blaute,
gib dich in seinen Bann,
höre die letzten Laute
schweigend an.

Warst du so sehr der Eine,
hast das Dumpfe getan,
ach, es zieht schon die reine
stille gelöschte Bahn,
ach, schon die Stunde, jene
leichte im Spindellicht,
die von Rocken und Lehne
singend die Parze flicht.

Warst du der große Verlasser,
Tränen hingen dir an,
und Tränen sind hartes Wasser,
das über Steine rann,

es ist alles vollendet,
Tränen und Zürnen nicht,
alles wogengeblendet
dein in Rosen und Licht.

Süße Stunde. O Altern!
Schon das Wappen verschenkt:
Stier unter Fackelhaltern
und die Fackel gesenkt,
nun von Stränden, von Liden,
einem Orangenmeer
tief in Schwärmen Sphingiden
führen die Schatten her.

Gabst dir alles alleine,
gib dir das letzte Glück,
nimm die Olivenhaine
dir die Säulen zurück,
ach, schon lösen sich Glieder
und in dein letztes Gesicht
steigen Boten hernieder
ganz in Rosen und Licht.

Durch jede Stunde –

Durch jede Stunde,
durch jedes Wort
blutet die Wunde
der Schöpfung fort,

verwandelnd Erde
und tropft den Seim
ans Herz dem Werde
und kehret heim.

Gab allem Flügel,
was Gott erschuf,
den Skythen die Bügel
dem Hunnen den Huf –

nur nicht fragen,
nur nicht verstehn;
den Himmel tragen,
die weitergehn,

nur diese Stunde
ihr Sagenlicht
und dann die Wunde,
mehr gibt es nicht.

Die Äcker bleichen,
der Hirte rief,
das ist das Zeichen:
tränke dich tief,

den Blick in Bläue,
ein Ferngesicht:
das ist die Treue,
mehr gibt es nicht,

Treue den Reichen,
die alles sind,
Treue dem Zeichen,
wie schnell es rinnt,

ein Tausch, ein Reigen,
ein Sagenlicht,
ein Rausch aus Schweigen,
mehr gibt es nicht.

Wo keine Träne fällt

Untröstlichkeiten – in Sagen,
frühmenschlich strophischer Schau
hört man von Geistern, die tragen
den Mond, die Matte, den Tau,
in Felsen legen sie Teiche,
auf Schlünde Palmen und Wein,
und hüllen in Zauberreiche
die trauernden Völker ein.

Untröstlichkeiten – beschwören
mit Tanz und Maskenschar,
Trommeln und Rindenröhren
und die Fichte im Haar –
beschwören die Stämme, die Rassen
Dauer des süßen Scheins
und erhoffen Erlassen
der Gesetze des Seins.

Doch da an einer Warte
von Zucht und Ahnen alt
lehnt eine flügelharte
unsägliche Gestalt,
ihr Blick, der Licht und Sterne
und Buch und Zirkel hält,
der sieht in eine Ferne,
wo keine Träne fällt.

Das ist die letzte Sphäre,
ein Hoch- und Hafenland,
da wächst die schwerste Ähre
von jeder Glut gebrannt,
sie wächst nicht, um zu leben,
so singt der Ährenwind,
sie wächst sich zu ergeben,
wenn es der Genius sinnt:

Unsterblichkeit.

Einst

Einst, wenn der Winter begann,
du hieltest von seinen Schleiern,
den Dämmerdörfern, den Weihern
die Schatten an.

Oder die Städte erglommen
sphinxblau an Schnee und Meer –
wo ist das hingekommen
und keine Wiederkehr.

Alles des Grams, der Gaben
früh her in unser Blut –:
wenn wir *gelitten* haben,
ist es *dann* gut?

Widmung:

Wenn Du noch leidest und
kämpfst für Dein Walten,
Glücke und Lebensgrund,
bebst um Erhalten,

Wenn Du noch Dinge siehst,
Die Dir gehören,
wenn Du noch Ringe fliehst,
Die Dich zerstören,

Wenn Du noch Formen willst,
um nicht zu enden,
wenn Du noch Normen stillst,
statt Dich zu wenden,

bist Du noch Zwischenrang,
Spieler u. Spötter,
Larve und Larvendrang
Dunkler Götter,

Doch wenn Du ganz versinkst,
kommt Dir die Wende
Du schweigend weitertrinkst
Wunden und Ende,

wenn Du dann ganz am Grund
der Höllenschaaren,
naht sich ein Geistermund,
hallen Fanfaren,

Dann über Einsamkeit,
Spieler und Spötter,
naht die Unsterblichkeit:
Strophen und Götter.

Am Brückenwehr

I

»Ich habe weit gedacht,
nun lasse ich die Dinge
und löse ihre Ringe
der neuen Macht.

Gelehnt am Brückenwehr –
die hellen Wasser rauschen,
die Elemente tauschen
sich hin und her.

Der Lauf ist schiefergrau,
der Ton der Urgesteine,
als noch das Land alleine
im Schichtenbau.

Des Sommers Agonie
gibt auch ein Rebgehänge,
Kelter- und Weingesänge
durchstreifen sie.

Wessen ist das und wer?
Dessen, der alles machte,
dessen, der es dann dachte
vom Ende her?

Ich habe weit gedacht,
ich lebte in Gedanken,
bis ihre Häupter sanken
vor welcher Macht?«

II

»Vor keiner Macht zu sinken,
vor keinem Rausch zur Ruh,
du selbst bist Trank und Trinken,
der Denker, du.

Du bist ja nicht der Hirte
und ziehst nicht mit Schalmein,
wenn der, wie du, sich irrte,
ist nie Verzeihn.

Du bist ja nicht der Jäger
aus Megalith und Ur,
du bist der Formenpräger
der weißen Spur.

So viele sind vergangen
im Bach- und Brückenschein,
wer kennt nicht das Verlangen
zum Urgestein –:

Doch dir bestimmt: kein Werden,
du bleibst gebannt und bist
der Himmel und der Erden
Formalist.

Du kannst es keinem zeigen
und keinem du entfliehn,
du trägst durch Nacht und Schweigen
den Denker – ihn.‹«

III

»Doch wenn dann Stunden sind,
wo ohne Rang und Reue
das Alte und das Neue
zusammenrinnt,

wo ohne Unterschied
das Wasser und die Welle,
das Dunkle und das Helle
das eine Lied,

ein Lied, des Stimme rief
gegen Geschichtsgewalten
das in sich selbst Gestalten,
asiatisch tief –

ach, wenn die Stunden dann kommen
und dichter werden und mehr
Sommer und Jahre verglommen,
singt man am Brückenwehr:

laß mich noch einmal reich sein,
wie es die Jugend gedacht,
laß mich noch einmal weich sein
im Blumengeruch der Nacht,

nimm mir die Hölle, die Hülle,
die Form, den Formungstrieb,
gib mir die Tiefe, die Fülle,
die Schöpfung – gib!«

IV

»Bist du auf Grate gestiegen,
sahst du die Gipfel klar:
Adler, die wirklichen, fliegen
schweigend und unfruchtbar.

Kürzer steht es in Früchten,
früher, daß es verblich,
nahe am Schöpfer züchten
wenige Arten sich.

Ewig schweigend das Blaue,
wer noch an Stimmen denkt,
hat schon den Blick, die Braue
wieder in Sehnsucht gesenkt.

Du aber dienst Gestalten
über dem Brückenwehr,
über den stumpfen Gewalten
Völker und Schnee und Meer:

formen, das ist deine Fülle,
der Rasse auferlegt,
formen, bis in die Hülle
die ganze Tiefe trägt,

die Hülle wird dann zeigen,
und keiner kann entfliehn,
daß Form und Tiefe Reigen,
durch den die Adler ziehn.‹«

Dein ist –

Dein ist – ach, kein Belohnen,
frage nicht, was es nützt,
du leidest – die Leiden thronen
unnennbar und beschützt.

Du siehst – ach, kein Gestalten
aus dem, das dich gebeugt –
ein Glühen, ein Erkalten,
doch nicht, wohin es zeugt.

Du trägst – ach, nicht das Zeichen,
aus dem die Sagen sind,
es kommt aus hohen Reichen
ein König und ein Kind,

in dem das Ungenügen
und was als Tod erscheint
zu wundervollen Zügen
des Glücks sich eint.

Dein ist der Traum, das Täuschen,
und wenn es dich zerbricht
am Boden, in den Räuschen,
ein gläsern Angesicht.

Träume, Träume –

Träume, Träume – Flackerndes und Flammen,
Bildung, ewig dem Vergängnis nah,
Räume, Räume – Suchen und Verdammen
Schatten, Schreie der Apostata.

Stunden, Stunden – die Gebilde weichen,
letzte Lösungen der Ursubstanz,
Übergänge, Wendekreise, Gleichen,
stygisches Gemurmel, Aschenglanz.

Tote – wer ist tot – es sprühn die Weiten,
Träume, Träume schimmern sie heran,
hell die Kerzen, die Gespräche gleiten,
warme Stimmen sind es, Frau und Mann.

Das Zerfallne reicht sich Gruß und Hände:
»hätten wir gewußt, was ich dann sah –
ach, entzündet neu die Liebesbrände,
sei mir eine alte Stunde nah.«

Eine alte Stunde –! Träume, Träume,
aufgetrunken vom Vergängnisbann,
von dem See mit Giften in die Räume,
über die kein Vogel fliegen kann –

Ach –! ein Leben –! dieser See am Ende,
seine fahlen Ufer, seine Nacht,
keine Morgenröte, keine Wende,
graue Bilder, stumme, seine Fracht –:

dichte Züge sind es, schwarze Kähne,
durch die Risse sickert Schlamm und Moor,
und das Wasser wirft die dunkle Mähne
über die gepreßten Opfer vor –

Räume, Räume, Räume, die verdammen,
Stunden, Stunden, da das Letzte weicht,
Träume, Träume rufen sie zusammen,
bis das Nichts auch diese Bilder bleicht.

Das Ganze

Im Taumel war ein Teil, ein Teil in Tränen,
in manchen Stunden war ein Schein und mehr,
in diesen Jahren war das Herz, in jenen
waren die Stürme – wessen Stürme – wer?

Niemals im Glücke, selten mit Begleiter,
meistens verschleiert, da es tief geschah,
und alle Ströme liefen wachsend weiter
und alles Außen ward nur innen nah.

Der sah dich hart, der andre sah dich milder,
der wie es ordnet, der wie es zerstört,
doch was sie sahn, das waren halbe Bilder,
da dir das Ganze nur allein gehört.

Im Anfang war es heller, was du wolltest
und zielte vor und war dem Glauben nah,
doch als du dann erblicktest, was du solltest,
was auf das Ganze steinern niedersah,

da war es kaum ein Glanz und kaum ein Feuer,
in dem dein Blick, der letzte, sich verfing:
ein nacktes Haupt, in Blut, ein Ungeheuer,
an dessen Wimper eine Träne hing.

Astern

Astern – schwälende Tage,
alte Beschwörung, Bann,
die Götter halten die Waage
eine zögernde Stunde an.

Noch einmal die goldenen Herden
der Himmel, das Licht, der Flor,
was brütet das alte Werden
unter den sterbenden Flügeln vor?

Noch einmal das Ersehnte,
den Rausch, der Rosen Du –
der Sommer stand und lehnte
und sah den Schwalben zu,

noch einmal ein Vermuten,
wo längst Gewißheit wacht:
die Schwalben streifen die Fluten
und trinken Fahrt und Nacht.

Doppelkonzert

Durch die Klangwelt, welche Menschen schufen,
Tongebilde rhythmisch hingelegt,
sah ich jäh die längstverlassenen Stufen
einer Erde, die sich stumm erträgt.

Ohne Laut das Enden, Fall der Blumen,
Tod von Tieren, die sich weit bewahrt,
nur ein Runzeln, stirbt aus Altertumen
eine letzte langgenährte Art.

Spreu des All, ein grauer Bruch aus Sternen,
eine Schaufel Steine – eine Hand,
die den Wurf durch Finsternis und Fernen
zu Geröll und stummem Felsen band.

Schalentiere, Muscheln, rote Riffe,
kalte Fischwelt, doch auch Lurch und Gnu:
alle brechen unter *einem* Griffe
lautlos und die Lippe ist noch zu.

Da, noch schauernd in der Urgewalten
Runzeln, Röcheln, erster Ausdrucksspur,
hör ich Flöten einen Gram entfalten:
Tosca –: Ausdrucksstürme: Hörner spalten
die unsäglich harrende Natur!

»Dann gliederten sich die Laute,
erst war nur Chaos und Schrei,
fremde Sprachen, uralte,
vergangene Stimmen dabei.

Die eine sagte: gelitten,
die zweite sagte: geweint,
die dritte: keine Bitten
nützen, der Gott verneint.

eine gellende: in Räuschen
aus Kraut, aus Säften, aus Wein –:
vergessen, vergessen, täuschen
dich selbst und jeden, der dein.

eine andere: keine Zeichen,
keine Weisung und kein Sinn –,
im Wechsel Blüten und Leichen
und Geier drüber hin.

eine andere: Müdigkeiten,
eine Schwäche ohne Mass –
und nur laute Hunde, die streiten,
erhalten Knochen und Frass.

Doch dann in zögernder Wende
und die Stimmen hielten sich an –,
sprach eine: ich sehe am Ende
einen grossen schweigenden Mann.

Der weiss, dass keinen Bitten
jemals ein Gott erscheint,
er hat es ausgelitten,
er weiss, der Gott verneint.

Er sieht den Menschen vergehen
im Raub- und Rassenraum,
er lässt die Welt geschehen
und bildet seinen Traum.«

Verse

Wenn je die Gottheit, tief und unerkenntlich
in einem Wesen auferstand und sprach,
so sind es Verse, da unendlich
in ihnen sich die Qual der Herzen brach;
die Herzen treiben längst im Strom der Weite,
die Strophe aber streift von Mund zu Mund,
sie übersteht die Völkerstreite
und überdauert Macht und Mörderbund.

Auch Lieder, die ein kleiner Stamm gesungen,
Indianer, Yakis mit Aztekenwort,
längst von der Gier des weißen Manns bezwungen,
leben als stille Ackerstrophen fort:
»komm, Kindlein, komm im Schmuck der Siebenähren,
komm, Kindlein, komm in Kett' und Jadestein,
der Maisgott stellt ins Feld, uns zu ernähren,
den Rasselstab und du sollst Opfer sein –«

Das große Murmeln dem, der seine Fahrten
versenkt und angejocht dem Geiste lieh,
Einhauche, Aushauch, Weghauch – Atemarten
indischer Büßungen und Fakirie –
das große Selbst, der Alltraum, einem jeden
ins Herz gegeben, der sich schweigend weiht,
hält sich in Psalmen und in Veden
und spottet alles Tuns und trotzt der Zeit.

Zwei Welten stehn in Spiel und Widerstreben,
allein der Mensch ist nieder, wenn er schwankt,
er kann vom Augenblick nicht leben,
obwohl er sich dem Augenblicke dankt;

die Macht vergeht im Abschaum ihrer Tücken,
indes ein Vers der Völker Träume baut,
die sie der Niedrigkeit entrücken,
Unsterblichkeit im Worte und im Laut.

Ein Wort

Ein Wort, ein Satz –: aus Chiffern steigen
erkanntes Leben, jäher Sinn,
die Sonne steht, die Sphären schweigen
und alles ballt sich zu ihm hin.

Ein Wort – ein Glanz, ein Flug, ein Feuer,
ein Flammenwurf, ein Sternenstrich –
und wieder Dunkel, ungeheuer,
im leeren Raum um Welt und Ich.

Überblickt man die Jahre –

Überblickt man die Jahre
von Ur bis El Alamein,
wo lag denn nun das Wahre,
Kabbala, der Schwarze Stein –,
Perser, Hunnen, Lascaren,
Pfeile, Fahnen und Schwert –
über die Meere gefahren,
von den Meeren versehrt?

    Wasser- und Sonnenuhren –
welche Stunde gemeint?
Welche Gestirne fuhren
häuptlings – Alles vereint?
Welche Wassercascade
bis in die Träume erscheint –:
jene Uhr als Dryade,
aus der es tränt und weint.

Waffen mit Lorbeer gereinigt
brachten den Sieg ins Haus,
Stirn und Lorbeer vereinigt
ruhten die Helden dann aus,
Lorbeer, Marmor, Pylone,
Gordon und Prinz Eugen,
goldene Städte, Zione –:
thanatogen –.

Palmen bei Christen, bei Heiden,
frühester Schöpfungsrest,
Palmen bei Myrten und Weiden
beim Laubhüttenfest,
Palmen an Syrten, an Küsten
königlich hoch und rein –,
doch dann wandern die Wüsten
in Palmyra ein.

Überblickt man die Jahre,
ewig wühlende Flut
und die dunkle Barke, die Bahre
mit Helden, Heeren und Blut,
und die Sonnen- und Wasseruhren
schatten und rinnen es ein:
alles deine Figuren,
Kabbala, Schwarzer Stein.

Nasse Zäune

Nasse Zäune
über Land geweht,
dunkelgrüne Stakete,
Krähenunruhe und Pappelentblätterung
als Umwelt.

Nasse Zäune,
Gartenabgrenzung,
doch nicht für Abkömmlinge
der berühmten Tulpe Semper Augustus,
die Paris im 17. Jahrhundert mit unerhörten Preisen
bezahlte,
oder die Hyazinthe »Bleu Passe«
(1600 fl. anno 1734),
man trug seinen Namen in ein Buch ein,
erst mehrere Tage später
führte einen ein Gartendirektor vorbei –,
vielmehr für die alten bewährten Ranunkeln Ostades.

Nasse Zäune,
Holzfäulnis und Moosansatz
in der Stille der Dörfer,
kleine Ordnungszeile
über Land geweht,
doch Schnee und Salze sammeln sich,
rinnen Verfall –
die alten Laute.

Chopin

Nicht sehr ergiebig im Gespräch,
Ansichten waren nicht seine Stärke,
Ansichten reden drum herum,
wenn Delacroix Theorien entwickelte,
wurde er unruhig, er seinerseits konnte
die Notturnos nicht begründen.

Schwacher Liebhaber;
Schatten in Nohant,
wo George Sands Kinder
keine erzieherischen Ratschläge
von ihm annahmen.

Brustkrank in jener Form
mit Blutungen und Narbenbildung,
die sich lange hinzieht;
stiller Tod
im Gegensatz zu einem
mit Schmerzparoxysmen
oder durch Gewehrsalven:
man rückte den Flügel (Erard) an die Tür
und Delphine Potocka
sang ihm in der letzten Stunde
ein Veilchenlied.

Nach England reiste er mit drei Flügeln:
Pleyel, Erard, Broadwood,
spielte für 20 Guineen abends
eine Viertelstunde
bei Rothschilds, Wellingtons, im Strafford House
und vor zahllosen Hosenbändern;

verdunkelt von Müdigkeit und Todesnähe
kehrte er heim
auf den Square d'Orléans.

Dann verbrennt er seine Skizzen
und Manuskripte,
nur keine Restbestände, Fragmente, Notizen,
diese verräterischen Einblicke –
sagte zum Schluß:
»meine Versuche sind nach Maßgabe dessen vollendet,
was mir zu erreichen möglich war.«

Spielen sollte jeder Finger
mit der seinem Bau entsprechenden Kraft,
der vierte ist der schwächste
(nur siamesisch zum Mittelfinger).
Wenn er begann, lagen sie
auf e, fis, gis, h, c.

Wer je bestimmte Präludien
von ihm hörte,
sei es in Landhäusern oder
in einem Höhengelände
oder aus offenen Terrassentüren
beispielsweise aus einem Sanatorium,
wird es schwer vergessen.

Nie eine Oper komponiert,
keine Symphonie,
nur diese tragischen Progressionen
aus artistischer Überzeugung
und mit einer kleinen Hand.

Clemenceau

»Mit dem Blick auf das Ende
ist das Leben schön«,
der Blick lag auf den Rosen der Vendée.
Ferner:
»die Menschen haben keine Seele,
wenn sie doch wenigstens Haltung hätten.«

Ein überlegenes Gefühl zeigt folgende Bemerkung:
»es gibt Sterne,
die seit 2000 Jahren erloschen sind
und deren Licht wir noch erhalten.
Wenn man daran denkt,
ist alles in Ordnung.«

Über Kunst wusste er Bescheid.
Betreffend seinen Gutsnachbar Monet schrieb er:
»er hätte noch zehn Jahre leben müssen,
dann hätte man nichts von dem verstanden,
was er schuf,
auf seiner Leinewand
wäre dann vielleicht nichts mehr zu sehn gewesen.«

Witzig ist folgender Dialog:
»C.: er soll ein leidenschaftlicher Päderast
gewesen sein?
M.: nein, er spricht von Päderastie,
ohne sich zu erregen.
C.: was, er erregte sich nicht einmal?«

Hinsichtlich unserer Besonderheit scherzte er:
»die Deutschen sehen,

wie ein niedliches Tier im Wasser umhertändelt
und das nennen sie dann Meerschwein.«

Die Perspektive tritt an Stelle der Emphase;
fünfundachtzigjährig fasste er zusammen:
»nichts ist wahr. Alles ist wahr.
Das ist der Weisheit letzter Schluss.«

Oft war er in Griechenland gewesen,
hatte von der Akropolis Manches mitgebracht;
sein Testament schloss:
»auf mein Grab den Marmor aus Hellas.«

September

I

Du, über den Zaun gebeugt mit Phlox
(vom Regenguß zerspalten,
seltsamen Wildgeruchs),
der gern auf Stoppeln geht,
zu alten Leuten tritt,
die Balsaminen pflücken,
Rauch auf Feldern
mit Lust und Trauer atmet –

aufsteigenden Gemäuers,
das noch sein Dach vor Schnee und Winter will,
kalklöschenden Gesellen
ein: »ach, vergebens« zuzurufen
nur zögernd sich verhält –

gedrungen eher als hochgebaut,
auch unflätigen Kürbis nackt am Schuh,
fett und gesichtslos, dies Krötengewächs –

Ebenen-entstiegener,
Endmond aller Flammen,
aus Frucht- und Fieberschwellungen
abfallend, schon verdunkelten Gesichts –
Narr oder Täufer,
des Sommers Narr, Nachplapperer, Nachruf
oder der Gletscher Vorlied,
jedenfalls Nußknacker,
Schilfmäher,
Beschäftigter mit Binsenwahrheiten –

vor dir der Schnee,
Hochschweigen, unfruchtbar
die Unbesambarkeit der Weite:
da langt dein Arm hin,
doch über den Zaun gebeugt
die Kraut- und Käferdränge,
das Lebenwollende,
Spinnen und Feldmäuse –

II

Du, ebereschenverhangen
von Frühherbst,
Stoppelgespinst,
Kohlweißlinge im Atem,
laß viele Zeiger laufen,
Kuckucksuhren schlagen,
lärme mit Vespergeläut,
gonge

die Stunde, die so golden feststeht,
so bestimmt dahinbräunt,
in ein zitternd Herz!

Du: – Anderes!
So ruhn nur Götter
oder Gewänder
unstürzbarer Titanen
langgeschaffener,
so tief eingestickt
Falter und Blumen
in die Bahnen!

Oder ein Schlummer früher Art,
als kein Erwachen war,
nur goldene Wärme und Purpurbeeren,
benagt von Schwalben, ewigen,
die nie von dannen ziehn –
Dies schlage, gonge,
diese Stunde,
denn
wenn du schweigst,
drängen die Säume herab
pappelbestanden und schon kühler.

1886

Ostern am spätesten Termin,
an der Elbe blühte schon der Flieder,
dafür Anfang Dezember ein so unerhörter Schneefall,

dass der gesamte Bahnverkehr
in Nord- und Mitteldeutschland
für Wochen zum Erliegen kam.

Paul Heyse veröffentlicht eine einaktige Tragödie,
Es ist Hochzeitsabend, die junge Frau entdeckt,
dass ihr Mann einmal ihre Mutter geliebt hat,
alle längst tot, immerhin
von ihrer Tante, die Mutterstelle vertrat,
hat sie ein Morphiumfläschchen:
»störe das sanfte Mittel nicht«,
sie sinkt zurück, hascht nach seiner Hand,
Theodor (düster, aufschreiend):
»Lydia! Mein Weib! Nimm mich mit Dir«! –
Titel: »Zwischen Lipp' und Kelchesrand.«

England erobert Mandelai,
eröffnet das weite Tal des Irawaday dem Welthandel;
Madagaskar kommt an Frankreich;
Russland vertreibt den Fürsten Alexander
aus Bulgarien.

Der Deutsche Radfahrbund
zählt 1500 Mitglieder.
Güssfeld besteigt zum ersten Mal
den Montblanc
über den Grand Mulet.
Die Barsois aus dem Perchinozwinger
im Gouvernement Tula,
die mit der besonders tiefbefahnten Brust,
die Wolfsjäger,
erscheinen auf der Berliner Hundeausstellung,
Asmodey erhält die Goldene Medaille.

Die Registertonne wird einheitlich
auf 2,8 cbm Raumgehalt festgesetzt;
Übergang des Raddampfers zum Schraubendampfer;
Rückgang der Holzschiffe;
über das chinesische Kauffahrteiwesen
ist statistisch nichts bekannt;
Norddeutscher Lloyd: 38 Schiffe, 63 000 t,
Hamburg – Amerika: 19 Schiffe, 34 200 t,
Hamburg – Süd: 9 Schiffe, 13 500 t.

Turgenjew in Baden-Baden
besucht täglich die Schwestern Viardot,
unvergessliche Abende,
sein Lieblingslied, das selten gehörte:
»wenn meine Grillen schwirren«
(Schubert),
oft auch lesen sie Scheffel's Ekkehard.

Es werden entdeckt:
der flügellose Vogel Kiwi-kiwi in Neuseeland,
der augenlose Molch in der Krainer Tropfsteinklamm,
ein blinder Fisch in der Mammuthhöhle von Kentucky.
Beobachtet werden:
Schwinden des Haarkleides (Wale, Delphine),
Weisslichwerden der Haut (Schnecken, Köcherfliegen),
Panzerrückbildung (Krebse, Insekten) –
Entwicklungsfragen,
Befruchtungsstudien,
Naturgeheimnis,
nachgestammelt.

Kampf gegen Fremdwörter,
Luna, Cephir, Chrysalide,

1088 Wörter aus dem Faust
sollen verdeutscht werden.
Agitation der Handlungsgehilfen
für Schliessung der Geschäfte an den
          Sonntagnachmittagen,
sozialdemokratische Stimmen
bei der Wahl in Berlin: 68 535.
Das Tiergartenviertel ist freisinnig,
Singer hält seine erste
Kandidatenrede.
13. Auflage von Brockhaus'
Konversationslexikon.

Die Zeitungen beklagen die Aufführung
von Tolstoi's »Macht der Finsternis«,
dagegen ist Blumenthal's »Ein Tropfen Gift«
eines langen Nachklangs von Wohllaut sicher;
»Über dem Haupt des Grafen Albrecht Vahlberg,
der eine geachtete Stellung in der hauptstädtischen
          Gesellschaft
einnimmt,
schwebt eine dunkle Wolke«,
Zola, Ibsen, Hauptmann sind unerfreulich,
Salambo verfehlt,
Liszt Kosmopolit,
und nun kommt die Rubrik
»Der Leser hat das Wort«,
er will etwas wissen
über Wadenkrämpfe
und Fremdkörperentfernung.

Es taucht auf:
Pithekanthropos,

Javarudimente, –
die Vorstufen.
Es stirbt aus:
der kleine Vogel von Hawai
für die königlichen Federmäntel:
ein gelber Flaumstreif an jedem Flügel, –
genannt der Honigsauger.

1886 –
Geburtsjahr gewisser Expressionisten,
ferner von Staatsrat Furtwängler,
Emigrant Kokoschka,
Generalfeldmarschall v. W. (†),

Kapitalverdoppelung
bei Schneider-Creuzot, Krupp-Stahl, Putiloff.

Kleines süsses Gesicht

Kleines süsses Gesicht,
eingesunken schon vor Vergängnis,
schneeblass und tötlich,
Ausschütter grossen Leids,
wenn du hingegangen
bald –

ach, wie wir spielten
entwicklungsvergessen,
Rück- und Weitblicke
abgefallen von unseren Rändern,

nichts lebend
ausser dem Umkreis
unserer Laute!

Beschränkt! Doch dann
einmal der astverborgenen Männer
Oliven Niederschlagen,
die Haufen gären.
Einmal Weine vom Löwengolf
in Rauchkammern, mit Seewasser beschönigt.
Oder Eukalyptus, Riesen, 156 Meter hoch
und das zitternde Zwielicht in ihren Wäldern.
Einmal Cotroceni –
nicht mehr!

Kleines Gesicht
Schneeflocke
immer so weiss
und dann die Ader an der Schläfe
vom Blau der Traubenhyazinthe,
die ligurische,
die bisamartig duftet.

Statische Gedichte

Entwicklungsfremdheit
ist die Tiefe des Weisen,
Kinder und Kindeskinder
beunruhigen ihn nicht,
dringen nicht in ihn ein.

    Richtungen vertreten,
Handeln,
Zu- und Abreisen
ist das Zeichen einer Welt,
die nicht klar sieht.
Vor meinem Fenster
– sagt der Weise –
liegt ein Tal,
darin sammeln sich die Schatten,
zwei Pappeln säumen einen Weg,
du weißt – wohin.

Perspektivismus
ist ein anderes Wort für seine Statik:
Linien anlegen,
sie weiterführen
nach Rankengesetz –
Ranken sprühen –,
auch Schwärme, Krähen,
auswerfen in Winterrot von Frühhimmeln,

dann sinken lassen –

du weißt – für wen.

Orpheus' Tod

Wie du mich zurückläßt, Liebste –
von Erebos gestoßen,
dem unwirtlichen Rhodope
Wald herziehend,

zweifarbige Beeren,
rotglühendes Obst –
Belaubung schaffend,
die Leier schlagend
den Daumen an der Saite!

Drei Jahre schon im Nordsturm!
An Totes zu denken, ist süß,
so Entfernte,
man hört die Stimme reiner,
fühlt die Küsse,
die flüchtigen und die tiefen –
doch du irrend bei den Schatten!

Wie du mich zurückläßt –
anstürmen die Flußnymphen,
anwinken die Felsenschönen,
gurren: »im öden Wald
nur Faune und Schratte, doch du,
Sänger, Aufwölber
von Bronzelicht, Schwalbenhimmeln –
fort die Töne –
Vergessen –!«

– drohen –!

Und eine starrt so seltsam.
Und eine Große, Gefleckte,
bunthäutig (»gelber Mohn«)
lockt unter Demut, Keuschheitsandeutungen
bei hemmungsloser Lust – (Purpur
im Kelch der Liebe –!) vergeblich!

drohen –!

Nein, du sollst nicht verrinnen,
du sollst nicht übergehn in
Iole, Dryope, Prokne,
die Züge nicht vermischen mit Atalanta,
daß ich womöglich Eurydike
stammle bei Lais –

doch: drohen –!

und nun die Steine
nicht mehr der Stimme folgend,
dem Sänger,
mit Moos sich hüllend,
die Äste laubbeschwichtigt,
die Hacken ährenbesänftigt –:
nackte Haune –!

nun wehrlos dem Wurf der Hündinnen,
der wüsten –
nun schon die Wimper naß,
der Gaumen blutet –
und nun die Leier –
hinab den Fluß –

die Ufer tönen –

Quartär –

I

Die Welten trinken und tränken
sich Rausch zu neuem Raum
und die letzten Quartäre versenken
den ptolemäischen Traum.
Verfall, Verflammen, Verfehlen –
in toxischen Sphären, kalt,
noch einige stygische Seelen,
einsame, hoch und alt.

II

Komm – laß sie sinken und steigen,
die Zyklen brechen hervor:
uralte Sphinxe, Geigen
und von Babylon ein Tor,
ein Jazz vom Rio del Grande,
ein Swing und ein Gebet –
an sinkenden Feuern, vom Rande,
wo alles zu Asche verweht.

Ich schnitt die Gurgel den Schafen
und füllte die Grube mit Blut,
die Schatten kamen und trafen
sich hier – ich horchte gut –,
ein jeglicher trank, erzählte
von Schwert und Fall und frug,
auch stier- und schwanenvermählte
Frauen weinten im Zug.

Quartäre Zyklen – Szenen,
doch keine macht dir bewußt,
ist nun das Letzte die Tränen
oder ist das Letzte die Lust
oder beides ein Regenbogen,
der einige Farben bricht,
gespiegelt oder gelogen –
du weißt, du weißt es nicht.

III

Riesige Hirne biegen
sich über ihr Dann und Wann
und sehen die Fäden fliegen,
die die alte Spinne spann,
mit Rüsseln in jede Ferne
und an alles, was verfällt,
züchten sich ihre Kerne
die sich erkennende Welt.

Einer der Träume Gottes
blickte sich selber an,
Blicke des Spiels, des Spottes
vom alten Spinnenmann,
dann pflückt er sich Asphodelen
und wandert den Styxen zu –
laß sich die Letzten quälen,
laß sie Geschichte erzählen –
Allerseelen –
Fini du tout.

Turin II

In deinen letzten Tagen
vor deiner letzten Nacht,
was hast du wohl für Fragen
in deiner Seele gedacht?

In Vor- und Nachgefühlen
den Vers, der nie verblich:
auf welchen schwarzen Stühlen
woben die Parzen dich?

Oder vor Drachentronen
hat dich der Pfeil erreicht,
wo Ming und Mandschu wohnen
und nie das Gold verbleicht?

Wo Schwarz und Gold sich trinken
wem Stuhl und Tron gebracht,
wohin kann der versinken –:
trug das dich in die Nacht?

Epilog

I

Die trunkenen Fluten fallen –
die Stunde des sterbenden Blau
und der erblaßten Korallen
um die Insel von Palau.

Die trunkenen Fluten enden
als Fremdes, nicht dein, nicht mein,
sie lassen dir nichts in Händen
als der Bilder schweigendes Sein.

Die Fluten, die Flammen, die Fragen –
und dann auf Asche sehn:
»Leben ist Brückenschlagen
über Ströme, die vergehn.«

II

Ein breiter Graben aus Schweigen,
eine hohe Mauer aus Nacht
zieht um die Stuben, die Steigen,
wo du gewohnt, gewacht.

In Vor- und Nachgefühlen
hält noch die Strophe sich:
»auf welchen schwarzen Stühlen
woben die Parzen dich,

aus wo gefüllten Krügen
erströmst du und verrinnst
auf den verzehrten Zügen
ein altes Traumgespinst.«

Bis sich die Reime schließen,
die sich der Vers erfand,
und Stein und Graben fließen
in das weite, graue Land.

III

Ein Grab am Fjord, ein Kreuz am goldenen Tore,
ein Stein im Wald und zwei an einem See –:
ein ganzes Lied, ein Ruf im Chore:
»Die Himmel wechseln ihre Sterne – geh!«

Das du dir trugst, dies Bild, halb Wahn, halb Wende,
das trägt sich selbst, du mußt nicht bange sein
und Schmetterlinge, März bis Sommerende,
das wird noch lange sein.

Und sinkt der letzte Falter in die Tiefe,
die letzte Neige und das letzte Weh,
bleibt doch der große Chor, der weiterriefe:
die Himmel wechseln ihre Sterne – geh.

IV

Es ist ein Garten, den ich manchmal sehe
östlich der Oder, wo die Ebenen weit,
ein Graben, eine Brücke, und ich stehe
an Fliederbüschen, blau und rauschbereit.

Es ist ein Knabe, dem ich manchmal trauere,
der sich am See in Schilf und Wogen ließ,
noch strömte nicht der Fluß, vor dem ich schauere,
der erst wie Glück und dann Vergessen hieß.

Es ist ein Spruch, dem oftmals ich gesonnen,
der alles sagt, da er dir nichts verheißt –
ich habe ihn auch in dies Buch versponnen,
er stand auf einem Grab: »tu sais« – du weißt.

V

Die vielen Dinge, die du tief versiegelt
durch deine Tage trägst in dir allein,
die du auch im Gespräche nie entriegelt,
in keinen Brief und Blick sie ließest ein,

die schweigenden, die guten und die bösen,
die so erlittenen, darin du gehst,
die kannst du erst in jener Sphäre lösen,
in der du stirbst und endend auferstehst.

Restaurant

Der Herr drüben bestellt sich noch ein Bier,
das ist mir angenehm, dann brauche ich mir keinen
        Vorwurf zu machen
daß ich auch gelegentlich einen zische.
Man denkt immer gleich, man ist süchtig,
in einer amerikanischen Zeitschrift las ich sogar,

jede Zigarette verkürze das Leben um sechsunddreißig
      Minuten,
das glaube ich nicht, vermutlich steht die Coca-Cola-
      Industrie
oder eine Kaugummifabrik hinter dem Artikel.
Ein normales Leben, ein normaler Tod
das ist auch nichts. Auch ein normales Leben
führt zu einem kranken Tod. Überhaupt hat der Tod
mit Gesundheit und Krankheit nichts zu tun,
er bedient sich ihrer zu seinem Zwecke.

Wie meinen Sie das: der Tod hat mit Krankheit nichts
      zu tun?
Ich meine das so: viele erkranken, ohne zu sterben,
also liegt hier noch etwas anderes vor,
ein Fragwürdigkeitsfragment,
ein Unsicherheitsfaktor,
er ist nicht so klar umrissen,
hat auch keine Hippe,
beobachtet, sieht um die Ecke, hält sich sogar zurück
und ist musikalisch in einer anderen Melodie.

Fragmente

Fragmente,
Seelenauswürfe,
Blutgerinnsel des zwanzigsten Jahrhunderts –

Narben – gestörter Kreislauf der Schöpfungsfrühe,
die historischen Religionen von fünf Jahrhunderten
      zertrümmert,

die Wissenschaft: Risse im Parthenon,
Planck rann mit seiner Quantentheorie
zu Kepler und Kierkegaard neu getrübt zusammen –

aber Abende gab es, die gingen in den Farben
des Allvaters, lockeren, weitwallenden,
unumstößlich in ihrem Schweigen
geströmten Blaus,
Farbe der Introvertierten,
da sammelte man sich
die Hände auf das Knie gestützt
bäuerlich, einfach
und stillem Trunk ergeben
bei den Harmonikas der Knechte –

und andere
gehetzt von inneren Konvoluten,
Wölbungsdrängen,
Stilbaukompressionen
oder Jagden nach Liebe.

Ausdruckskrisen und Anfälle von Erotik:
das ist der Mensch von heute,
das Innere ein Vakuum,
die Kontinuität der Persönlichkeit
wird gewahrt von den Anzügen,
die bei gutem Stoff zehn Jahre halten.

Der Rest Fragmente,
halbe Laute,
Melodienansätze aus Nachbarhäusern,
Negerspirituals
oder Ave Marias.

Satzbau

Alle haben den Himmel, die Liebe und das Grab,
damit wollen wir uns nicht befassen,
das ist für den Kulturkreis besprochen und
            durchgearbeitet.
Was aber neu ist, ist die Frage nach dem Satzbau
und die ist dringend:
warum drücken wir etwas aus?

Warum reimen wir oder zeichnen ein Mädchen
direkt oder als Spiegelbild
oder stricheln auf eine Handbreit Büttenpapier
unzählige Pflanzen, Baumkronen, Mauern,
letztere als dicke Raupen mit Schildkrötenkopf
sich unheimlich niedrig hinziehend
in bestimmter Anordnung?

Überwältigend unbeantwortbar!
Honoraraussicht ist es nicht,
viele verhungern darüber. Nein,
es ist ein Antrieb in der Hand,
ferngesteuert, eine Gehirnlage,
vielleicht ein verspäteter Heilbringer oder Totemtier,
auf Kosten des Inhalts ein formaler Priapismus,
er wird vorübergehn,
aber heute ist der Satzbau
das Primäre.

»Die wenigen, die was davon erkannt« – (Goethe) –
wovon eigentlich?
Ich nehme an: vom Satzbau.

Reisen

Meinen Sie Zürich zum Beispiel
sei eine tiefere Stadt,
wo man Wunder und Weihen
immer als Inhalt hat?

Meinen Sie, aus Habana,
weiß und hibiskusrot,
bräche ein ewiges Manna
für Ihre Wüstennot?

Bahnhofstraßen und Rueen,
Boulevards, Lidos, Laan –
selbst auf den Fifth Avenueen
fällt Sie die Leere an –

ach, vergeblich das Fahren!
Spät erst erfahren Sie sich:
bleiben und stille bewahren
das sich umgrenzende Ich.

Stilleben

Wenn alles abgeblättert daliegt
Gedanken, Stimmungen, Duette
abgeschilfert – hautlos daliegt,
kein Stanniol – und das Abgehäutete
– alle Felle fortgeschwommen –
blutiger Bindehaut ins Stumme äugt –:
was ist das?

Die Frage der Fragen! Aber kein Besinnlicher
fragt sie mehr –
Renaissancereminiszenzen,
Barocküberladungen,
Schloßmuseen –

nur keine weiteren Bohrungen,
doch kein Grundwasser,
die Brunnen dunkel,
die Stile erschöpft –

die Zeit hat etwas Stilles bekommen,
die Stunde atmet,
über einem Krug,
es ist spät, die Schläge verteilt
noch ein wenig Clinch und Halten,
Gong – ich verschenke die Welt
wem sie genügt, soll sich erfreun:

der Spieler soll nicht ernst werden
der Trinker nicht in die Gobi gehn,
auch eine Dame mit Augenglas
erhebt Anspruch auf ihr Glück:
sie soll es haben –

still ruht der See,
vergißmeinnichtumsäumt,
und die Ottern lachen.

Die Gitter

Die Gitter sind verkettet,
ja mehr: die Mauer ist zu –:
du hast dich zwar gerettet,
doch *wen* rettetest du?

Drei Pappeln an einer Schleuse,
eine Möwe im Flug zum Meer,
das ist der Ebenen Weise,
da kamst du her,

dann streiftest du Haar und Häute
alljährlich windend ab
und zehrtest von Trank und Beute,
die dir ein Anderer gab,

ein Anderer – schweige – bitter
fängt diese Weise an –
du rettetest dich in Gitter,
die nichts mehr öffnen kann.

Außenminister

Aufs Ganze gerichtet
sind die Völker eine Messe wert,
aber im einzelnen: laßt die Trompete zu der Pauke
    sprechen,
jetzt trinkt der König Hamlet zu –
wunderbarer Aufzug,
doch die Degenspitze vergiftet.

»Iswolski lachte.«
Zitate zur Hand, Bonmots in der Kiepe,
hier kühl, dort chaleureux, Peace and Goodwill,
lieber mal eine Flöte zuviel,
die Shake-hands Wittes in Portsmouth (1905)
waren Rekord, aber der Friede wurde günstiger.

Vorm Parlament – das ist keineswegs
        Schaumschlägerei,
hat Methode wie Sanskrit oder Kernphysik,
enormes Labor: Referenten, Nachrichtendienst,
        Empirie,
auch Charakter muß man durchfühlen,
im Ernst: Charakter haben die Hochgekommenen
        ganz bestimmt,
nicht wegen etwaiger Prozesse,
sondern er ist ihr moralischer Sex-Appeal –
allerdings: was ist der Staat?
»Ein Seiendes unter Seienden«,
sagte schon Plato.

»Zwiespalt zwischen der öffentlichen
und der eigentlichen Meinung« (Keynes). Opalisieren!
Man lebt zwischen les hauts et les bas,
erst Oberpräsident, dann kleiner Balkanposten,
        schließlich Chef,
dann ein neues Revirement,
und man geht auf seine Güter.
Leicht gesagt: verkehrte Politik.
Wann verkehrt? Heute? Nach zehn Jahren? Nach
        einem Jahrhundert?

Mésalliancen, Verrat, Intrigen,
alles geht zu unseren Lasten,
man soll das Ölzeug anziehn,
bevor man auf Fahrt geht,
beobachten, ob die Adler rechts oder links fliegen,
die heiligen Hühner das Futter verweigern.
Als Hannibal mit seinen Elefanten über den Simplon
     zog,
war alles in Ordnung,
als später Karthago fiel,
weinte Salambo.

Sozialismus – Kapitalismus –: wenn die Rebe wächst
und die Volkswirtschaft verarbeitet ihren Saft
dank außerordentlicher Erfindungen und
     Manipulationen
zu Mousseux – dann muß man ihn wohl auch trinken?
Oder soll man die Kelten verurteilen,
weil sie den massilischen Stock
tauschweise nach Gallien trugen –
damit würde man ja jeden zeitlichen Verlauf
und die ganze Kulturausbreitung verdammen.

»Die Außenminister kamen in einer zweistündigen
     Besprechung
zu einem vorläufigen Ergebnis«
(Öl- und Pipelinefragen),
drei trugen Cutaway,
einer einen Burnus.

Viele Herbste

Wenn viele Herbste sich verdichten
in deinem Blut, in deinem Sinn
und sie des Sommers Glücke richten,
fegt doch die fetten Rosen hin,

den ganzen Pomp, den ganzen Lüster,
Terrassennacht, den Glamour-Ball
aus Crêpe de Chine, bald wird es düster,
dann klappert euch das Leichtmetall,

das Laub, die Lasten, Abgesänge,
Balkons, geranienzerfetzt –
was bist du dann, du Weichgestänge,
was hast du seelisch eingesetzt?

Nur zwei Dinge

Durch so viel Formen geschritten,
durch Ich und Wir und Du,
doch alles blieb erlitten
durch die ewige Frage: wozu?

Das ist eine Kinderfrage.
Dir wurde erst spät bewußt,
es gibt nur eines: ertrage
– ob Sinn, ob Sucht, ob Sage –
dein fernbestimmtes: Du mußt.

Ob Rosen, ob Schnee, ob Meere,
was alles erblühte, verblich,
es gibt nur zwei Dinge: die Leere
und das gezeichnete Ich.

Jener

Ich habe die Erde oft gesehn
und sie manchmal auch verstanden,
Sterben und Stille und Auferstehn,
Korn und Flechten und Laubverwehn,
auch Moore, wo sie sich fanden.
Doch wie sieht die Erde für Jenen aus:
»Komm in unser umblühtes Haus«?

Ein Jubel aus Süden, ein Liebesschwarm
von Malven über den Stufen
zum Saale, zum Garten, die Brunnen warm,
Zikaden rings um den Villencharme,
die sonneversengten, rufen.
Sieht so die Erde für Jenen aus:
»Komm in unser umblühtes Haus«?

Ich weiß es nicht, ich kann auch nicht
weder Norden noch Süden trauen,
ich glaube, erst wenn der Raum zerbricht,
erst wenn die Stunde der Träume spricht,
kommen Oleander und Pfauen.
Dann sieht die Erde für Jenen aus:
»Komm in unser umblühtes Haus.«

»Der Broadway singt und tanzt«

Eine magnifique Reportage!

1) Das Debüt der Negersängerin als Wahrsagerin
Ulrika im Maskenball,
bisher nur als Lieder- und Arienvirtuosin bekannt,
nun mit großem Orchester und berühmten Stimmen:
»glückte vollendet«.

2) Vorfälle, dramatisiert: alles Kompromißler,
nur bei einem einzigen der Versuch, »gegen die Mühle
der Mehrheitsmeinung«
»die Wahrheit an den Tag zu bringen«
(großartig – aber siehe Pilatus).

3) Kaiserinmutter und Prinzessin Irina:
ein »mit fast unerträglicher innerer (!) Spannung
geladenes Duell«,
drei Hochstapler kommen noch dazu –
(wenn das nicht prima ist!)

4) Noah und seine Familie – die ganze Sintflut,
die Fahrt der Arche bis zum Aufstoßen,
»der bekannte Patriarch«
eine »im tiefsten Sinne spannende Haltung«
»fast betäubend«,
dem Komponisten wurden die Songs
per Telefon von New York nach St. Moritz vorgespielt
(allerlei! Arche-Noah-Songs!)

Dagegen unser Europa! Vielleicht Urgrund der Seele;
aber viel Nonsens, Salbader:

»Die Wahrheit«, Lebenswerk, 500 Seiten –
so lang kann die Wahrheit doch gar nicht sein!
oder:
»Das Denkerische über das Denken«,
das ist bestimmt nicht so betäubend
wie Broadway-Noah

Immer: Grundriß!

Kinder! Kinder!

Teils-teils

In meinem Elternhaus hingen keine Gainsboroughs
wurde auch kein Chopin gespielt
ganz amusisches Gedankenleben
mein Vater war einmal im Theater gewesen
Anfang des Jahrhunderts
Wildenbruchs »Haubenlerche«
davon zehrten wir
das war alles.

Nun längst zu Ende
graue Herzen, graue Haare
der Garten in polnischem Besitz
die Gräber teils-teils
aber alle slawisch,
Oder-Neiße-Linie
für Sarginhalte ohne Belang
die Kinder denken an sie
die Gatten auch noch eine Weile

teils-teils
bis sie weitermüssen
Sela, Psalmenende.

Heute noch in einer Großstadtnacht
Caféterrasse
Sommersterne,
vom Nebentisch
Hotelqualitäten in Frankfurt
Vergleiche,
die Damen unbefriedigt
wenn ihre Sehnsucht Gewicht hätte
wöge jede drei Zentner.

Aber ein Fluidum! Heiße Nacht
à la Reiseprospekt und
die Ladies treten aus ihren Bildern:
unwahrscheinliche Beauties
langbeinig, hoher Wasserfall
über ihre Hingabe kann man sich gar nicht erlauben
nachzudenken.

Ehepaare fallen demgegenüber ab,
kommen nicht an, Bälle gehn ins Netz,
er raucht, sie dreht ihre Ringe,
überhaupt nachdenkenswert
Verhältnis von Ehe und Mannesschaffen
Lähmung oder Hochtrieb.

Fragen, Fragen! Erinnerungen in einer Sommernacht
hingeblinzelt, hingestrichen,
in meinem Elternhaus hingen keine Gainsboroughs
nun alles abgesunken
teils-teils das Ganze
Sela, Psalmenende.

Das sind doch Menschen

Das sind doch Menschen, denkt man,
wenn der Kellner an einen Tisch tritt,
einen unsichtbaren,
Stammtisch oder dergleichen in einer Ecke,
das sind doch Zartfühlende, Genüßlinge
sicher auch mit Empfindungen und Leid.

So allein bist du nicht
in deinem Wirrwarr, Unruhe, Zittern,
auch da wird Zweifel sein, Zaudern, Unsicherheit,
wenn auch in Geschäftsabschlüssen,
das Allgemein-Menschliche,
zwar in Wirtschaftsformen,
auch dort!

Unendlich ist der Gram der Herzen
und allgemein,
aber ob sie je geliebt haben
(außerhalb des Bettes)
brennend, verzehrt, wüstendurstig
nach einem Gaumenpfirsichsaft
aus fernem Mund,
untergehend, ertrinkend
in Unvereinbarkeit der Seelen –

das weiß man nicht, kann auch
den Kellner nicht fragen,
der an der Registrierkasse
das neue Helle eindrückt,
des Bons begierig,
um einen Durst zu löschen anderer Art,
doch auch von tiefer.

In einer Nacht

In einer Nacht, die keiner kennt,
Substanz aus Nebel, Feuchtigkeit und Regen,
in einem Ort, der kaum sich nennt
so unbekannt, so klein, so abgelegen,

sah ich den Wahnsinn alles Liebs und Leids,
das Tiefdurchkreuzte von Begehr und Enden,
das Theatralische von allerseits,
das niemals Gottgestützte von den Händen,

die dich bestreicheln, heiß und ungewaschen,
die dich wohl halten wollen, doch nicht wissen,
wie man den anderen hält, an welchen Maschen
man Netze flicken muß, daß sie nicht rissen –

ach, diese Nebel, diese Kältlichkeit,
dies Abgefallensein von jeder Dauer,
von Bindung, Glauben, Halten, Innigkeit,
ach Gott – die Götter! Feuchtigkeit und Schauer!

Impromptu

Im Radio sang einer
»In der Drosselgaß zu Rüdesheim« –
ich war erschlagen:
Drosseln, das ist doch wohl ein Frühlingstag,
wer weiß, was über die Mauern hing,
quoll, zwitscherte, sicher Hellgrünes –

das Herz stieg auf, noch nicht das alte jetzt
das junge noch, nach einem Wandertag,
berauscht und müde.

Auch wer nie Wein trank,
hier gab man Goldenes an seinen Gaumen,
schlug sich den Staub vom Rock,
dann auf ein Lager
den Rucksack unter den Kopf,
die beide nichts enthielten
als für des nächsten Tags
Gelegenheiten.

Ein Paar Schuhe. Ein Musensohn.
Damals war Liliencron mein Gott,
ich schrieb ihm eine Ansichtskarte.

Nur noch flüchtig alles

Nur noch flüchtig alles,
kein Orplid, keine Bleibe,
Gestalten, Ungestalten
abrupte
mit Verkürzung.

Serge Rubinstein
zwei Millionen Dollar
auf schmale, breite, strenge
zahnschöne, hell- und schmieräugige
Ladies, Stepgirls, Barvamps

umgelegt,
das Leukoplast über dem Rüssel,
als er erwürgt wurde,
auf Fingerabdrücke untersucht,
ergab keine Anhaltspunkte.

Nur noch flüchtig alles –
nun die Anden:
Ur, verrunzelt,
nichts für Geodäten,
a-nousisch
a-musisch
Randwelt
fortsehn –
gebt Steckrüben!
gebt Knollenhumus!

gebt Gottesliter,
Höllenyards,
gebt Rillen
einzuhalten,
aufzuhalten
einnisten möchte man schreien –
nichts –
gebt Rillen!

Nur noch flüchtig alles
Neuralgien morgens,
Halluzinationen abends
angelehnt an Trunk und Zigaretten

abgeschlossene Gene,
erstarrte Chromosomen,

noch etwas schwitzende Hüfte
bei Boogie-Woogie,
nach Heimkehr dann die Hose in den Bügel.

Wo schließt sich was,
wo leuchtet etwas ferne,
nichts von Orplid –
Kulturkreis:
Zahl Pi mit Seiltricks!

Worte

Allein: du mit den Worten
und das ist wirklich allein,
Clairons und Ehrenpforten
sind nicht in diesem Sein.

Du siehst ihnen in die Seele
nach Vor- und Urgesicht,
Jahre um Jahre – quäle
dich ab, du findest nicht.

Und drüben brennen die Leuchten
in sanftem Menschenhort,
von Lippen, rosigen, feuchten
perlt unbedenklich das Wort.

Nur deine Jahre vergilben
in einem anderen Sinn,
bis in die Träume: Silben –
doch schweigend gehst du hin.

Kommt –

Kommt, reden wir zusammen
wer redet, ist nicht tot,
es züngeln doch die Flammen
schon sehr um unsere Not.

Kommt, sagen wir: die Blauen,
kommt, sagen wir: das Rot,
wir hören, lauschen, schauen
wer redet, ist nicht tot.

Allein in deiner Wüste,
in deinem Gobigraun –
du einsamst, keine Büste,
kein Zwiespruch, keine Fraun,

und schon so nah den Klippen,
du kennst dein schwaches Boot –
kommt, öffnet doch die Lippen,
wer redet, ist nicht tot.

Gedicht

Und was bedeuten diese Zwänge,
halb Bild, halb Wort und halb Kalkül,
was ist in dir, woher die Dränge
aus stillem trauernden Gefühl?

Es strömt dir aus dem Nichts zusammen,
aus Einzelnem, aus Potpourri,
dort nimmst du Asche, dort die Flammen,
du streust und löschst und hütest sie.

Du weißt, du kannst nicht alles fassen,
umgrenze es, den grünen Zaun
um dies und das, du bleibst gelassen,
doch auch gebannt in Mißvertraun.

So Tag und Nacht bist du am Zuge,
auch sonntags meißelst du dich ein
und klopfst das Silber in die Fuge,
dann läßt du es – es ist: das Sein.

Menschen getroffen

Ich habe Menschen getroffen, die,
wenn man sie nach ihrem Namen fragte,
schüchtern – als ob sie gar nicht beanspruchen
    könnten,
auch noch eine Benennung zu haben –
»Fräulein Christian« antworteten und dann:
»wie der Vorname«, sie wollten einem die Erfassung
    erleichtern,
kein schwieriger Name wie »Popiol« oder
    »Babendererde« –
»wie der Vorname« – bitte, belasten Sie Ihr
    Erinnerungsvermögen nicht!

Ich habe Menschen getroffen, die
mit Eltern und vier Geschwistern in einer Stube
aufwuchsen, nachts, die Finger in den Ohren,
am Küchenherde lernten,
hochkamen, äußerlich schön und ladylike wie
       Gräfinnen –
und innerlich sanft und fleißig wie Nausikaa,
die reine Stirn der Engel trugen.

Ich habe mich oft gefragt und keine Antwort
       gefunden,
woher das Sanfte und das Gute kommt,
weiß es auch heute nicht und muß nun gehn.

Soll die Dichtung das Leben bessern?

Das für den heutigen Abend gestellte Thema ist von beiden Referenten hierzu, von Herrn Dr. Reinhold Schneider und mir, in ihren Büchern wiederholt erörtert worden. Sie brauchen von Herrn Dr. Schneider nur einige Seiten gelesen zu haben, ebenso von mir, und Sie wissen ungefähr, was wir darüber denken. Ich will also meinerseits nicht mit Wiederholungen beginnen, sondern eine andere Methode anwenden, um dem Thema nahezukommen.

Ich will die Methode anwenden, daß ich zunächst das Thema genau betrachte und mir vor Augen führe – Wort für Wort. *Soll*, das ist nicht anders auszulegen, als daß man hier eine Bestimmung für oder über die Dichtung treffen will, die verbindlich ist. In den Zehn Geboten kommt dies Soll in jeder These des Dekalogs vor, entweder Soll oder Du sollst nicht. Es ist ein hartes Wort, dies Soll aus Kapitel 20 von Mos. 2. – Und alles Volk sah den Donner und Blitz, lesen wir, und den Ton der Posaune und den Berg rauchen. Da sie aber solches sahen, flohen sie und traten von ferne. Nun, wir wollen nicht von ferne treten, aber etwas apodiktisch steht es vor uns, dies Soll, und es führt uns sofort zu der weiteren Frage: Wer fragt eigentlich, wer stellt die Forderung, über die Dichtung eine Erklärung zu erwarten. Ist es ein Nationalökonom, ein Pädagoge, ein Geistlicher, ein Staatsanwalt; oder soll es die Vox populi sein, der Consensus omnium oder das demokratische Ideal, demzufolge jeder alles wissen und über alles mitreden soll? Man weiß es nicht, und ich lasse die Frage zunächst unbeantwortet.

Die *Dichtung:* Da es keine Rhapsoden mehr gibt und wir selber keine sind, heißt Dichtung ein Buch, ein Buch mit Dichtung, ein Buch voll Dichtung. Ein solches Buch also soll das Leben bessern oder nicht bessern – das steht noch offen. Nun gibt es viele Bücher, die ganz offensichtlich das Leben bessern wollen, zum Beispiel ökonomische Bücher, in denen die Frage nach einem Ausgleich von Freiheit und Zwang, von individueller Unbeschränktheit und materieller Massengesellschaft erörtert und zum Schluß ein Ausweg gezeigt wird, der bessere Zustände mit sich bringen soll. Oder es gibt ärztliche Bücher über Neurosen, Verdrängung, Managerkrankheit, diese Bücher geben Ratschläge, empfehlen, verbieten, um das Leben zu bessern. In diese Buchreihe müssen wir nun also das Buch voll Dichtung sehen, hinsichtlich dessen uns die Frage auferlegt ist, zu prüfen, ob es bessern soll. Wir können hier das Theater als aufgeblättertes Buch hinnehmen.

Nun kommt das dritte Wort, und das enthält eine Grundfrage: Was ist eigentlich das *Leben* selbst? Was ist gemeint, was davon soll gebessert werden? Seine Physiologie oder seine Affekte, das produktive oder das denkerische Sein. »Leben« ist sehr summarisch, und hiermit beginnt unser Thema heikel zu werden, und es könnte sich hier eine Kritik des Begriffs Leben andeuten, die etwas ungewöhnlich ist, jedenfalls unzeitgemäß, aber wir kommen nicht darum herum, unser Thema auferlegt es uns. Seit langem begann ich darüber nachzudenken, wie seltsam es sei, daß dieser Begriff des Lebens der höchste Begriff unserer Bewußtseins- und Gewissenslage geworden ist. Neben Schillers Vers »Das Leben ist der Güter höchstes nicht« findet man nur wenige kritische Einschränkungen dieser Art. Das Leben: Hier erzittert die weiße Rasse, es ist der letzte Glaubenshalt des augenblicklichen, unseres Kulturkreises. Ist es ein Residuum des biologischen neunzehnten Jahrhunderts, das das heutige Europa verpflichtet, um jedes Leben zu kämpfen, auch um seine armseligste Frist, um jede Stunde mit Spritzen und Sauerstoffgebläse, während wir doch Kulturkreise kennen, in denen das gemeine Leben, das allgemeine Leben überhaupt keine Rolle spielte, bei den Ägyptern, den Inkas oder in der dorischen Welt, und noch heute hören wir von Vorgängen bei gewissen Nomadenstämmen Asiens: Wenn die Eltern lästig werden, steckt der älteste Sohn den Speer durch die Zeltwand, und der Alte wirft sich von innen mit dem Herzen dagegen. Also eine universale, eine anthropologische Forderung ist die von uns erwartete Pflege des Lebens nicht. Nur bei uns, innerhalb gewisser Breitengrade ist es der Ordnungs- und Grundbegriff geworden, vor dem alles haltmachte, der Abgrund, in den sich alles trotz sonstiger Wertverwahrlosung blindlings hinabwirft, sich beieinander findet und ergriffen schweigt. Dies erscheint mir tatsächlich nicht so klar und selbstverständlich, wie es die Allgemeinheit sieht, und zwar aus den ernstesten Gründen. Denn anzunehmen, daß sich der Schöpfer auf das Leben spezialisierte, es hervorhob, betonte und etwas anderes als seine üblichen Gestaltungs-Umgestaltungs-Spiele mit ihm betrieb, erscheint mir absurd. Diese Größe hat doch bestimmt noch andere Betätigungsfelder und wirft das Auge auf dieses und jenes, das weitab liegt von einem so unklaren Sonderfall, kurz für einen so pflanzenentfernten Kulturkreis von rein spirituellem Erlebnismaterial, wie wir es wurden, ist dieser diktatorische Lebensbegriff doch erstaunlich primitiv, fast als ob er aus der Veterinärmedizin stammte.

Dies problematische Leben soll also gebessert werden. Immer größer werden die Schwierigkeiten. In welcher Richtung – in *politischer*, aber das tun doch die Abgeordneten und die Wahlversammlungen? In *technischer*? Aber damit träten wir ja mit auf die Seite der Ingenieure und Krieger, die die Grenzen verrücken und Drähte über die Erde ziehen. In *sozialer*? Ich las kürzlich bei einem englischen Nationalökonomen, daß der Arbeiter in England heute komfortabler und mondäner lebt als in früheren Jahrhunderten die Großgrundbesitzer und die Herren der Schlösser. Er führte das im einzelnen aus: an den Wohnungen, die früher dunkel und eng waren und nicht zu heizen, an der Nahrung, man mußte alles Vieh zu Martini schlachten, da man es die Wintermonate nicht ernähren konnte, an den Krankheiten, denen man ohne Wehr gegenüberstand. Also heute leben die Arbeiter wie die Reichen vor drei Jahrhunderten, und in drei Jahrhunderten wird wieder das gleiche Verhältnis sein und immer so fort, und immer geht es weiter hinan und empor mit Menschheitsdämmerungen und Morgenröten und mit sursum corda und per aspera ad astra, die Armen wollen rauf, und die Reichen wollen nicht herunter, das alles ist doch schon gar nicht mehr individuell erlebbar, das ist doch ein funktioneller Prozeß der Tatsache der menschlichen Gesellschaft. Wo sollte dabei bessernd die Dichtung stehen? Oder soll sie in *kultureller* Hinsicht bessern? Nun berühre ich einen Sachverhalt, hinsichtlich dessen ich mit meiner Meinung wohl allein stehen werde. Ich bin nämlich der Ansicht, daß Kunst und Kultur nicht allzuviel miteinander zu tun haben. Ich habe schon oft dafür plädiert, daß man scharf zwischen zwei Erscheinungen unterscheiden sollte, nämlich der des Kunstträgers und der des Kulturträgers. Kunst ist nicht Kultur, Kunst hat eine Seite nach der Bildung, der Erziehung, der Kultur, aber nur, weil sie eben das alles nicht ist, sondern das andere, eben Kunst. Die Welt des Kulturträgers besteht aus Humus, Gartenerde, er verarbeitet, pflegt, baut aus, wird hinweisen auf Kunst, sie anbringen, einlaufen lassen, Kurse, Lehrgänge für sie einrichten, er glaubt an die Geschichte, er ist Positivist. Der Kunstträger ist statistisch asozial, weiß kaum etwas von vor ihm und nach ihm, lebt nur seinem inneren Material, für das sammelt er Eindrücke in sich hinein, zieht sie nach innen, so tief nach innen, bis es sein Material berührt, unruhig macht, zu Entladungen treibt. Er ist uninteressiert an Verbreiterung, Flächenwirkung, Aufnahmesteigerung, an Kultur. Er ist kalt, das Material muß kaltgehalten werden, er muß die Gefühle, die Räusche, denen die anderen sich menschlich überlassen dürfen, formen, das heißt härten, kalt machen, dem Weichen Stabilität verleihen. Er ist vielfach zynisch und behauptet auch gar nichts anderes zu sein, während die Idealisten unter den Kulturträgern und Erwerbsständen sitzen. Der Kunstträger wird in Person nirgendwo hervortreten und mitreden wollen, für Bessern vollends hält er sich in gar keiner Weise für zuständig – von einigen sentimentalen Ausläufern abgesehen –, »unter Menschen war er als Mensch unmöglich«, dies seltsame Wort von Nietzsche über Heraklit – das gilt für ihn.

Oder schließlich soll die Dichtung in *medizinischer* Richtung vielleicht bessern, trösten, heilen? Es gibt viele, die das bejahen. Musik für Geisteskranke und Verinnerlichung durch Rilke bei Fastenkuren. Aber wenn wir bei Kierkegaard lesen: »Die Wahrheit siegt nur durch Leiden«, wenn Goethe schreibt »leidend lernte ich viel«, wenn Schopenhauer und Nietzsche den Grad und die Fähigkeit zu leiden als den Maßstab für den individuellen Rang ansehen, wenn Reinhold Schneider schreibt: »Am Kranken soll die Herrlichkeit Gottes offenbart werden, das Wunder, das er an ihm tut«, und wenn Schneider weiter das Schwinden des Bewußtseins des Tragischen als den Untergang unserer Kultur bezeichnet, darf dann die Dichtung oder der Dichter an einer Besserung dieser tragischen Zustände mitarbeiten, müßte er nicht vielmehr aus der Verantwortung vor einer höheren Wahrheit haltmachen und in sich selber bleiben? Eine höhere Wahrheit in Ihrem Munde, werden Sie mir zurufen, was ist denn nun das? Ich antworte, ich kann mir einen Schöpfer nicht vorstellen, der das, was im Sinne unseres Themas bessern heißen könnte, als Besserung betrachtete. Er würde doch sagen: Was denken sich diese Leute, ich erhalte sie durch Elend und Tod, damit sie menschenwürdig werden, und sie weichen schon wieder aus durch Pillen und Fencheltee und wollen vergnügt sein und auf Omnibusreisen gehen, und was die Dichtung angeht, halte ich es mit dem Satz von Reinhold Schneider: »Es gehört zum Wesen der Kunst, Fragen offenzulassen, im Zwielicht zu zögern, zu beharren.« Wer die Dichtung so empfindet, der kommt vielleicht weiter. Im Zwielicht – soviel über den Schöpfer und das Bessern.

Ich habe mich bisher in der Unternehmung einer formalen Kritik des uns aufgestellten Themas versucht, aber ich werde dabei nicht stehenbleiben. Ich werde die Essenz selber prüfen und zu mir sprechen lassen. Vorher aber möchte ich noch zusammenfassend sagen, unser Thema ist eine sehr deutsche Frage, eine sehr deutsche Formulierung. Ich glaube nicht, daß diese Frage in

Frankreich, Italien oder Skandinavien so gestellt werden könnte. Uns liegt sie nahe, da wir aus unserer Literaturgeschichte meinen könnten, daß die Dichter selber, sie als Vorbild, Idol, geschlossenes moralisches Ich, als Vorleben die Jugend und die Zeit bessern könnten. Es trifft zu, wenn wir die letzten hundert Jahre unserer Literatur ansehen, so sehen wir in ihr viele große Männer, aber biedere Gestalten, wie Storm, Fontane, idyllische, wie Mörike, Stifter, Hesse, bürgerliche wie Thomas Mann, Gerhart Hauptmann, alles menschlich edle Figuren, alles Ehrenmänner. Dagegen Dostojewskij spielte Roulette wie ein Maniakalischer. Tolstoj wusch sich wochenlang nicht, um wie ein Kulake zu stinken. Maupassant schrieb, daß ein normaler Mann in seinem Leben dreihundert bis vierhundert Frauen erotisch kennenlerne. Verlaine schoß auf offener Straße auf Rimbaud, verwundete ihn und kam zwei Jahre ins Gefängnis. Von Oscar Wilde wollen wir erst gar nicht reden. Also auch ein vorbildliches, andere besserndes Leben kann man aus den Produzenten der Dichtung nicht herleiten.

Um mich noch mehr in die Probleme unseres Themas zu vertiefen, sah ich mich um, was die Dichter selber von ihrer Tätigkeit halten, ob sie sie in die Richtung, andere zu bessern, deuteten. Ich fand das aber nicht bestätigt. Hebbel schreibt: »Dichten heißt die Welt wie einen Mantel um sich schlagen und sich wärmen.« Eine recht egozentrische These. Ibsen sagte: »Dichten heißt, sich selber richten.« Dies Wort ist berühmt, aber ich kann mir nicht viel dabei denken. Bei Kafka hören wir: »Alles, was sich nicht auf Literatur bezieht, hasse ich, es langweilt mich.« Anatole France schreibt: »Wir müssen zum Schluß doch zugeben, daß wir jedes Mal von uns selbst sprechen, wenn wir nicht schweigen können.« Interessant ist eine Bemerkung von Rilke: »Nichts meint ein Gedicht weniger, als in dem Lesenden den möglichen Dichter anzuregen.« Wunderbar ist das Wort von Joseph Conrad: »Dichten heißt, im Scheitern das Sein erfahren.« Zum Schluß noch Majakowski. Er notiert: »Die Arbeit des Dichters muß zur Steigerung der Meisterschaft und zur Sammlung dichterischer *Vorfabrikate* Tag für Tag fortgesetzt werden. Ein gutes *Notizbuch* ist wichtiger als die Fähigkeit, in überlebten Versmaßen zu schreiben.« Beachten Sie an diesem Ausspruch die Worte »Vorfabrikate« und »Notizbuch«. Wir befinden uns hiermit bereits im Vorfeld abstrakter, bewußter, artistischer Kunst. Nirgendwo bei diesem Streifzug erblicken wir oder hören wir von den Autoren etwas von Besserungsbestrebungen in bezug auf andere. Aber Goethe, wird man sagen, der war doch für ein strebendes Bemühen, das allen zugute käme, der war doch für Bildung, Erziehung, Besserung – aber, frage ich dagegen, was war Goethe eigentlich nicht? Und studieren wir seine Gedichte, die vollkommensten, die schönsten – »Warum gabst du uns die tiefen Blicke« oder das Parzenlied oder Nachtgesang: »O gib vom weichen Pfühle träumend ein halb Gehör« –, sie zeigen in der höchsten Gelungenheit immer wieder nur die Vollendung des Dichters in sich selbst – daß es eine Vollendung aus sich selbst ist, das behaupte ich nicht.

Aber jetzt stürze ich mich in die Flut, lasse die Wogen über mir zusammenschlagen – soll die Dichtung das Leben bessern? –, ich atme diese humane, diese idealistische, hoffnungdurchtränkte Essenz in mich ein. Aber, frage ich mich sofort, wie kann denn einer, der dichtet, noch einen Nebensinn damit verbinden? Wer dichtet, steht doch gegen die ganze Welt. Gegen heißt nicht feindlich. Nur ein Fluidum von Vertiefung und Lautlosigkeit ist um ihn. An den Tischen mag geschehen, was will, jeder seine persönlichen Liebhabereien haben, Karten spielen, essen, trinken, selig sein, von seinem Hund erzählen, von Riccione – sie stören ihn nicht, und er stört sie nicht. Er dämmert, er hat Streifen um sein Haupt, Regenbogen, ihm ist wohl. Er will nicht verbessern, aber er läßt sich auch nicht verbessern, er schwebt. Oder er sitzt zu Hause, bescheidene vier Wände, er ist kein Kommunist, aber er will kein Geld haben, vielleicht etwas Geld, aber nicht im Wohlstand leben. Also er sitzt zu Hause, er dreht das Radio an, er greift in die Nacht, eine Stimme ist im Raum, sie bebt, sie leuchtet und sie dunkelt, dann bricht sie ab, eine Bläue ist erloschen. Aber welche Versöhnung, welche augenblickliche Versöhnung, welche Traumumarmung von Lebendigem und Toten, von Erinnerungen und Nichterinnerbarem, es schlägt ihn völlig aus dem Rahmen, es kommt aus Reichen, denen gegenüber die Sterne und Sonnen Gehbehinderte wären, es kommt von so weit her, es ist: vollendet.

Ein beladener Typ! Sie können wahrscheinlich noch über manches nachdenken: L'art pour l'art, Kausalität, Indochina, er kann das nicht mehr, die Welt mag sein, wie sie will, sie geht vorüber, aber er heute auf diesem Breitengrad, dem 53., Durchschnittstemperatur im Juli 19,8, im Januar 0,5 Grad, muß seinen Weg abschreiten, seine Grenzen erleben – *Moira*, den ihm zugemessenen Teil. Arbeite, ruft er sich zu, du hast siebzig Jahre, suche deine Worte, zeichne deine Morphologie, drücke dich aus, übernimm ruhig die Aufgabe einer Teilfunktion, die aber versorge ernstlich. Valéry hatte gesagt, der

Vollmensch stirbt aus, heute müßte man sagen, der Vollmensch ist ein dilettantischer Traum, eine voluminöse Allheit, eine archaische Erinnerung. Das Zeitalter Goethes hat ausgeleuchtet, von Nietzsche zu Asche verbrannt, von Spengler in die Winde verstreut – glimmend und schwelend ist die Luft, aber nicht von Johannis- oder Kartoffelfeuern, vielmehr von den brandigen Scheiten der Kulturkreislehre, der eine Kreis versinkt, ein anderer steigt auf, und wir sind die Puppen und Chargenspieler in diesen solaren Stücken.

Wie schön wäre es für einen, der Dichtung machen muß, wenn er damit irgendeinen höheren Gedanken verbinden könnte, einen festen, einen religiösen oder auch einen humanen, wie tröstlich wäre das für seinen Geheimsender, der die Todesstrahlen ausschickt, aber ich glaube, daß vielen kein solcher Gedanke tröstend zuwächst, ich glaube, daß sie in einer erbarmungslosen Leere leben, unablenkbar fliegen da die Pfeile, es ist kalt, tiefblau, da gelten nur Strahlen, da gelten nur die höchsten Sphären, und das Menschliche zählt nicht dazu.

In dieser Sphäre entsteht die Dichtung. Und damit treten wir vor das Problem der monologischen Kunst. Das Gedicht ist monologisch. Diese Behauptung ist keine Konstitutionsanomalie von mir, auch jenseits des Atlantiks finden wir sie vertreten. In den USA versucht man auch die Lyrik durch Fragebogen zu fördern, man sandte einen solchen Fragebogen an vierzehn Lyriker in den USA, die eine Frage lautete: An wen ist ein Gedicht gerichtet? Hören Sie, was ein gewisser Richard Wilbourns (*recte* Wilbur) darauf antwortete: Ein Gedicht, sagt er, ist an die Muse gerichtet, und diese ist unter anderem dazu da, die Tatsache zu verschleiern, daß Gedichte an niemanden gerichtet sind. Das Gedicht, die

Lyrik ist für unsere Frage der beste Test. Ein Gedicht ist immer die Frage nach dem Ich, und alle Sphinxe und Bilder von Sais mischen sich in die Antwort ein. Also der atlantische Kulturkreis heute und hier: Das moderne Gedicht, das absolute Gedicht ist das Gedicht ohne Glauben, das Gedicht ohne Hoffnung, das Gedicht an niemanden gerichtet, ein Gedicht aus Worten, die Sie faszinierend montieren. Und doch kann es ein überirdisches, ein transzendentes, ein das Leben des einzelnen Menschen nicht verbesserndes, aber ihn übersteigerndes Wesen sein. Wer hinter dieser Behauptung und dieser Formulierung weiter nur Nihilismus und Laszivität erblicken will, der übersieht, daß noch hinter Faszination und Wort genügend Dunkelheiten und Seinsabgründe liegen, um den Tiefsinnigsten zu befriedigen, daß in jeder Form, die fasziniert, genügend Substanzen von Leidenschaft, Natur und tragischer Erfahrung leben. Überblicken Sie Ihren Weg: durch die Jahrtausende den religiösen Weg und den dichterisch-ästhetischen Weg: Die ganze Menschheit zehrt von einigen Selbstbegegnungen, aber wer begegnet sich selbst? Nur wenige und dann allein.

Also, werden Sie nun vielleicht denken, der Redner beantwortet die an ihn gestellte Frage schlechtweg negativ. Nein, das tut er nicht. Die Dichtung bessert nicht, aber sie tut etwas viel Entscheidenderes: sie verändert. Sie hat keine geschichtlichen Ansatzkräfte, wenn sie reine Kunst ist, keine therapeutischen und pädagogischen Ansatzkräfte, sie wirkt anders: Sie hebt die Zeit und die Geschichte auf, ihre Wirkung geht auf die Gene, die Erbmasse, die Substanz – ein langer innerer Weg. Das Wesen der Dichtung ist unendliche Zurückhaltung, zertrümmernd ihr Kern, aber schmal ihre Peripherie, sie berührt nicht viel, das aber glühend. Alle Dinge wenden sich um, alle Begriffe und Kategorien verändern ihren Charakter in dem Augenblick, wo sie unter Kunst betrachtet werden, wo sie sie stellt, wo sie sich ihr stellen. Sie bringt ins Strömen, wo es verhärtet und stumpf und müde war, in ein Strömen, das verwirrt und nicht zu verstehen ist, das aber an Wüste gewordene Ufer Keime streut, Keime des Glücks und Keime der Trauer, das Wesen der Dichtung ist Vollendung und Faszination.

Und damit Sie sehen, wie ernst die Situation ist, der ich Ausdruck zu verleihen mich bemühe, schließe ich mit einem Vers von Hebbel, in dem Sie auch das Wort hören, das meinem Stil fremd ist, das aber viele von Ihnen vielleicht erhoffen, es ist ein Vers aus dem Gedicht »An die Jünglinge«, er lautet:

> Ja, es werde, spricht auch Gott,
> und sein Segen senkt sich still,
> denn er macht den nicht zum Spott,
> der sich selbst vollenden will.

Editorische Notiz

Die ausgewählten Gedichte der vorliegenden Ausgabe folgen der Edition: Gottfried Benn, *Sämtliche Werke*, Stuttgarter Ausgabe, in Verbindung mit Ilse Benn herausgegeben von Gerhard Schuster, Band 1: *Gedichte 1*, Band 2: *Gedichte 2*, Stuttgart: Klett-Cotta, 1986.

Die Sammlung *Statische Gedichte* (daraus die Texte *Astern, Verse, Ein Wort, Chopin, September I–II, Statische Gedichte, Orpheus' Tod, Quartär I–III*) erschien erstmals 1948 in der Verlags-AG Die Arche, Zürich – die veränderte Neuausgabe, herausgegeben von Paul Raabe, 1983 im Arche Verlag AG, Raabe + Vitali, Zürich 1983 (Neue Arche Bücherei, 2). Eine Neuausgabe mit CD (*Gottfried Benn liest: Statische Gedichte*) erschien 2006, herausgegeben von Paul Raabe, Arche Literatur Verlag, Zürich/Hamburg 2006.

Der Text des Vortrages *Soll die Dichtung das Leben bessern?* folgt dem Erstdruck: Gottfried Benn / Reinhold Schneider, *Soll die Dichtung das Leben bessern? Zwei Reden*, gehalten am 15. November 1955 im Rahmen einer öffentlichen Diskussion im Kölner Funkhaus, Wiesbaden: Limes Verlag, 1956, S. 5–20.

Literaturhinweise

Werkausgaben

Die Gesammelten Schriften. Berlin: Erich Reiss, 1922.

Gesammelte Werke. Hrsg. von Dieter Wellershoff. Bd. 1–4. Wiesbaden: Limes Verlag, 1958–61.

Gesammelte Werke in acht Bänden. Hrsg. von Dieter Wellershoff. 2. Aufl. Wiesbaden: Limes Verlag, 1968.

Sämtliche Werke. Stuttgarter Ausgabe. In Verb. mit Ilse Benn hrsg. von Gerhard Schuster. Bd. 1–7. Stuttgart: Klett-Cotta, 1986–2003.

Lyriksammlungen

Morgue und andere Gedichte. Berlin-Wilmersdorf: A. R. Meyer, 1912. (21. Flugblatt.)

Söhne. Neue Gedichte. Berlin-Wilmersdorf: A. R. Meyer, [1913].

Fleisch. Gesammelte Lyrik. Berlin-Wilmersdorf: Verlag der Wochenschrift Die Aktion, 1917. (Die Aktionslyrik. 3.)

Schutt. Berlin-Wilmersdorf: A. R. Meyer, 1924.

Betäubung. Berlin-Wilmersdorf: A. R. Meyer, 1925.

Spaltung. Neue Gedichte. Berlin-Wilmersdorf: A. R. Meyer, 1925.

Gesammelte Gedichte. Berlin: Verlag Die Schmiede, 1927.

Gedichte. In: Das Gedicht. Blätter für die Dichtung. Folge II H. 7. Januar 1936. Hamburg: Heinrich Ellermann, 1936.

Ausgewählte Gedichte. 1911–1936. Stuttgart/Berlin: Deutsche Verlags-Anstalt, 1936.

Biographische Gedichte. Berlin: [o. Verl.], Weihnachten 1941. [Hektographiertes Typoskript.]

Zweiundzwanzig Gedichte 1936–1943. Berlin: [o. Verl.], August 1943. [Privatdruck.]

Statische Gedichte. Zürich: Verlag der Arche, 1948. – Veränd. Neuausg. Hrsg. von Paul Raabe. Zürich: Arche Verlag AG, Raabe & Vitali, 1983.

Trunkene Flut. Ausgewählte Gedichte. Wiesbaden: Limes Verlag, 1949.

Fragmente. Neue Gedichte. Wiesbaden: Limes Verlag, 1951.

Frühe Lyrik und Dramen. Wiesbaden: Limes Verlag, 1952.

Destillationen. Neue Gedichte. Wiesbaden: Limes Verlag, 1953.

Aprèslude. Wiesbaden: Limes Verlag, 1955.

Gesammelte Gedichte. Wiesbaden: Limes Verlag / Zürich: Verlag der Arche, 1956.

Primäre Tage. Gedichte und Fragmente aus dem Nachlaß. Wiesbaden: Limes Verlag, 1958.

Gedichte. In der Fassung der Erstdrucke. Hrsg. von Bruno Hillerband. Frankfurt a. M.: S. Fischer, ³2006.

Morgue und andere Gedichte. Mit Zeichnungen von Georg Baselitz. Stuttgart: Klett, 2012.

Einsamer nie … 12 Gedichte Gottfried Benns. Vorgelegt und erl. durch Gisbert Hoffmann. Mit acht Vertonungen durch Hermann Heiss auf CD-ROM. Berlin: Xenomoi, 2013.

Sämtliche Gedichte in einem Band. Stuttgart: Klett-Cotta, ⁹2016.

Probleme der Lyrik. Späte Reden und Vorträge. Mit einem Vorw. von Gerhard Falkner. Stuttgart: Klett-Cotta, 2012.

Briefeditionen

Das gezeichnete Ich. Briefe aus den Jahren 1900–1956. Mit einem Nachw. von Max Rychner. München: Deutscher Taschenbuch Verlag, 1962.

Den Traum alleine tragen. Neue Texte, Briefe, Dokumente. Hrsg. von Paul Raabe und Max Niedermayer. München: Deutscher Taschenbuch Verlag, 1969.

Briefe an F. W. Oelze 1932–1956. Hrsg. von Harald Steinhagen und Jürgen Schröder. Bd. 1–2,2. Wiesbaden/München: Limes Verlag, 1977–80.

Briefwechsel mit Paul Hindemith. Hrsg. von Ann Clark Fehn. Wiesbaden/München: Limes Verlag, 1978.

Briefe an Tilly Wedekind 1930–1955. Hrsg. von Marguerite Valerie Schlüter. Stuttgart: Klett-Cotta, 1986.

G. B. / Max Rychner: Briefwechsel 1930–1956. Hrsg. von Gerhard Schuster. Stuttgart: Klett-Cotta, 1986.

Briefe an Elinor Büller 1930–1937. Hrsg. von Marguerite Schlüter. Stuttgart: Klett-Cotta, 1992.

Briefe an Astrid Claes. 1951–1956. Stuttgart: Klett-Cotta, 2002.

Briefwechsel mit dem »Merkur«. 1948–1956. Hrsg. von Holger Hof. Stuttgart: Klett-Cotta, 2004.

G. B. / Thea Sternheim: Briefwechsel und Aufzeichnungen. Mit Briefen und Tagebuchauszügen Mopsa Sternheims. Hrsg. von Thomas Ehrsam. Göttingen: Wallstein, 2004.

Briefe an den Limes Verlag 1948–1956. Hrsg. von Marguerite Schlüter. Stuttgart: Klett-Cotta, 2006.

G. B. / Friedhelm Oelze: Briefwechsel 1932–1956. 4 Bde. Hrsg. von Harald Steinhagen [u.a.]. Göttingen: Wallstein, 2016.

»Absinth schlürft man mit Strohhalm, Lyrik mit Rotstift«. Ausgewählte Briefe. Hrsg. von Holger Hof. Göttingen: Wallstein, 2017.

Hörbücher

Gottfried Benn liest »Einsamer nie«. Gedichte und Prosa. Aufnahmen aus den Jahren 1950–1956. München: Der Hörverlag, 2006.

Das Hörwerk (1928–1956). 4 CDs. Frankfurt a.M.: Zweitausendeins, 2004.

Forschungsliteratur

Agazzi, Elena / Valtolina, Amelia (Hrsg.): Der späte Benn. Poesie und Kritik in den 50er Jahren. Heidelberg: Winter, 2012.

Allemann, Beda: Gottfried Benn. Das Problem der Geschichte. Pfullingen: Neske, 1963.

Barner, Wilfried (Hrsg.): Geschichte der deutschen Literatur von 1945 bis zur Gegenwart. München: Beck, 1994. (de Boor / Newald, Geschichte der deutschen Literatur. 12.)

Böhme, Gernot / Hoffmann, Gisbert: Benn und wir. Existentielle Interpretationen zu Gedichten von Gottfried Benn. Berlin: Xenomoi, 2008.

Bonn, Klaus: Zettel – zu einem Vers von Johann Wolfgang Goethe und einem Gedicht von Gottfried Benn. In: Kálmán Kovács (Hrsg.): Textualität und Rhetorizität. Frankfurt a. M. [u. a.]: Lang, 2003. S. 155–160.

Brode, Hanspeter: Benn-Chronik. Daten zu Leben und Werk. München: Hanser, 1978.

Brode, Hanspeter: Benn-Chronik. Daten zu Leben und Werk. München: Hanser, 1978.

Buddeberg, Else: Probleme um Gottfried Benn. Stuttgart: Metzler, 1962. (Forschungsbericht. Referate aus der *Deutschen Vierteljahrsschrift.*)

Claes, Astrid: Der lyrische Sprachstil Gottfried Benns. Diss. Köln 1953. [Masch.]

Dautel, Ernst: Étude de l'œuvre lyrique de Gottfried Benn: demarche scientifique et approches didactiques. Tübingen: Stauffenberg, 1999.

Delabar, Walter / Kocher, Ursula: Gottfried Benn. Studien zum Werk. Bielefeld: Aisthesis, 2007.

Emmerich, Wolfgang: Gottfried Benn. [Monographie.] Reinbek b. Hamburg: Rowohlt, 2006.

Friedrich, Hugo: Die Struktur der modernen Lyrik. Von der Mitte des neunzehnten bis zur Mitte des zwanzigsten Jahrhunderts. Erw. Neuausg. Reinbek bei Hamburg: Rowohlt Taschenbuch Verlag, 1967.

Gehlhoff-Claes, Astrid: Der lyrische Sprachstil Gottfried Benns. Düsseldorf: Grupello, 2003.

Glaser, Horst Albert (Hrsg.): Gottfried Benn: 1886–1956. Referate des Essener Colloquiums. 2., korr. Aufl. Frankfurt a. M. [u. a.]: Lang, 1991.

Greve, Ludwig [u. a.]: Gottfried Benn 1886–1956. Eine Ausstellung des Deutschen Literaturarchivs im Schiller-Nationalmuseum Marbach am Neckar. Marbach: Deutsche Schillergesellschaft, 1986. (Marbacher Kataloge. 41.)

Grimm, Reinhold: Gottfried Benn. Die farbliche Chiffre in der Dichtung. 2., durchges. Aufl. Nürnberg: Hans Carl, 1962.

Grimm, Reinhold / Marsch, Wolf-Dieter (Hrsg.): Die Kunst im Schatten des Gottes. Für und wider Gottfried Benn. Göttingen: Sachse und Pohl, 1962.

Heselhaus, Clemens: Deutsche Lyrik der Moderne. Von Nietzsche bis Yvan Goll. 2. Aufl. Düsseldorf: Bagel, 1962.

Hillebrand, Bruno: Benn. Frankfurt a. M.: S. Fischer, 1986.

Hohendahl, Peter Uwe (Hrsg.): Benn – Wirkung wider Willen. Dokumente zur Wirkungsgeschichte Benns. Frankfurt a. M.: Athenäum, 1971.

Holthusen, Hans Egon: Gottfried Benn. Leben, Werk, Widerspruch. 1886–1922. Stuttgart: Klett-Cotta, 1986.

Horch, Hans Otto / Inglis, Craig M. / Lyon, James K. (Bearb.): Index zu Gottfried Benn: Gedichte. Berlin: de Gruyter, 2011. [Unveränd. Nachdr. der Ausg. von 1971.]

Horn, Annette / Horn, Peter: Was aber neu ist, ist die Frage nach dem Satzbau. Die Gedichte Gottfried Benns. Oberhausen: Athena, 2017.

Jiang, Li: Wo die Philosophie aufhört, muss die Poesie anfangen. Konzeptuelle Metapher: Ein Schlüssel zu Gottfried Benns Gedichten. Bern [u. a.]: Lang, 2009.

Karcher, Simone: Sachlichkeit und elegischer Ton: die späte Lyrik von Gottfried Benn und Bertolt Brecht – ein Vergleich. Würzburg: Königshausen & Neumann, 2009.

Kaufmann, Erhard: Das Fremdwort in der Lyrik Gottfried Benns. In: Zeitschrift für deutsche Sprache 20 (1964) S. 33 ff.; 141 ff.

Killy, Walther: Wandlungen des lyrischen Bildes. 3. Aufl. Göttingen: Vandenhoeck & Ruprecht, 1961.

Kirchdörfer-Boßmann, Ursula: »Eine Pranke in den Nacken der Erkenntnis«. Zur Beziehung von Dichtung und Naturwissenschaft im Frühwerk Gottfried Benns. St. Ingbert: Röhrig, 2003.

Leis, Mario: Gottfried Benn: Gedichte. Lektüreschlüssel für Schülerinnen und Schüler. Stuttgart: Reclam, 2008. (Reclams Universal-Bibliothek. 15410.)

Lönker, Fred: Gottfried Benn. 10 Gedichte. Erläuterungen und Dokumente. Stuttgart: Reclam, 2010. (Reclams Universal-Bibliothek. 16069.)

Lohner, Edgar: Passion und Intellekt. Die Lyrik Gottfried Benns. Mit einem Anhang: Auszüge aus dem Briefwechsel zwischen Gottfried Benn, F. W. Oelze und Edgar Lohner. Überarb. und erw. Ausg. Frankfurt a. M.: Fischer Taschenbuch Verlag, 1986.

Ostmeier, Dorothee: Poetische Dialoge zu Liebe, Gender und Sex im frühen zwanzigsten Jahrhundert. Else Lasker-Schüler, Peter Hille und Gottfried Benn, Lou Andreas-Salomé und Rainer Maria Rilke, Bertolt Brecht und Margarete Steffin. Bielefeld: Aisthesis, 2014.

Perels, Christoph: »tief versöhnt«. Kleiner Beitrag zur Benn-Philologie. In: Heimo Reinitzer (Hrsg.): Textkritik und Interpretation. Festschrift für Karl Konrad Polheim zum 60. Geburtstag. Bern / Frankfurt a. M. [u. a.]: Lang, 1987. S. 439 ff.

Raabe, Paul: Gottfried Benn in Hannover 1935–1937. Hannover: Erhard Friedrich, 1986.

Ridley, Hugh: Gottfried Benn. Ein Schriftsteller zwischen

Erneuerung und Reaktion. Opladen: Westdeutscher Verlag, 1990.

Rübe, Werner: Provoziertes Leben. Gottfried Benn. Stuttgart: Klett-Cotta, 1993.

Schöne, Albrecht: Säkularisation als sprachbildende Kraft. Studien zur Dichtung deutscher Pfarrerssöhne. 2. Aufl. Göttingen: Vandenhoeck und Ruprecht, 1968.

Scholz, Ingeborg: Gottfried Benn, Lyrik und Prosa. Interpretationen und unterrichtspraktische Hinweise. 2. Aufl. Hollfeld: Beyer, 1992.

Schröder, Jürgen: Gottfried Benn, Poesie und Sozialisation. Stuttgart/Berlin/Köln/Mainz: Kohlhammer, 1978.

Schünemann, Peter: Gottfried Benn. München: Beck; Edition Text + Kritik, 1977.

Soerensen, Nele Poul: Mein Vater Gottfried Benn. München: Deutscher Taschenbuch Verlag, 1975.

Steffen, Hans (Hrsg.): Der deutsche Expressionismus. Formen und Gestalten. 2., durchges. Aufl. Göttingen: Vandenhoeck & Ruprecht, 1970.

Steinhagen, Harald: Die Statischen Gedichte von Gottfried Benn. Die Vollendung seiner expressionistischen Lyrik. Stuttgart: Klett, 1969.

Theweleit, Klaus: Buch der Könige. Bd. 1: Orpheus (und) Eurydike. Basel / Frankfurt a. M.: Stroemfeld / Roter Stern, 1988.

Weisstein, Ulrich: Vor Tische las mans anders. Eine literarpolitische Studie über die beiden Fassungen von Gottfried Benns Expressionismus-Aufsatz. In: Ferdinand van Ingen [u. a.]: Dichter und Leser. Studien zur Literatur. Groningen: Wolters-Noordhoff, 1972. S. 9 ff.

Wellershoff, Dieter: Gottfried Benn. Phänotyp dieser Stunde. München: Deutscher Taschenbuch Verlag, 1976. [Zuerst 1958.]

Wodtke, Friedrich Wilhelm: Gottfried Benn. 2., überarb, und erg. Aufl. Stuttgart: Metzler, 1970. (Sammlung Metzler. 26.)

Nachwort

Meinem Vater
zum 13. Juli 1988 zugeeignet

I

Morgue und andere Gedichte: so hieß ein kleines Bändchen, das im März 1912 in Berlin herauskam. Verfaßt hatte die neun Texte ein bis dahin in der Literaturwelt Unbekannter, der fünfundzwanzigjährige, soeben promovierte und approbierte Militärarzt Gottfried Benn. Wohl selten in der Geschichte der deutschen Literatur hat ein Heftchen mit ein paar Gedichten einen solchen Wirbel in der Kritik ausgelöst. Zwar waren schon im Jahr zuvor Georg Heyms *Der ewige Tag* und Franz Werfels *Der Weltfreund* erschienen, und in den Jahren 1913 und 1914 kamen Georg Trakls *Gedichte* und Ernst Stadlers *Der Aufbruch* hinzu: stärker als sie alle aber, die man später unter der Bezeichnung ›Expressionisten‹ unzulänglich zusammenfaßte, erhellt Benns Erstling mitsamt der Reaktion auf ihn die intellektuelle und literarische Konstellation, aus der die dichterische Moderne in Deutschland hervorging. Schon die Stätten, denen der junge Benn seine poetischen Inspirationen verdankte, ließen den bürgerlichen Mittelstand, soweit er dem ›Höheren‹ nachhing und las, sich schaudernd abwenden: die Anatomie und die Krebsbaracke, der Operations- und der Kreißsaal; nicht weniger aber die Beleuchtung, in der sie aufdämmerten, und die Menschen, die in ihnen westen und verwesten – ein blutiges Jammertal und ausweglose Höllen des Irdischen, deren Ränder nicht einmal mehr ein Mitleidsappell, wie man ihn vom Naturalismus her doch kannte, abzustecken vermochte. Die nach ihrem Weg suchende jüngere Generation aber erkannte den neuen Meister, der »nun freilich gründlich mit dem lyrischen Ideal der Blaublümeleinritter aufräumt« (Ernst Stadler), und die Schar der kleineren Dichter versuchte es ihm nachzutun.

Von 1912 bis 1956, in mehr als vierzig Schaffensjahren, entfaltete Benn ein lyrisches Werk, das bei allem Wandel seine Anfänge nicht verleugnete. Heyms, Trakls und Stadlers Lebensbahnen brachen jäh ab, Werfel wandte sich bald anderen literarischen Gattungen zu. So hat einzig Bertolt Brecht, zwölf Jahre jünger als Benn, in der deutschen Lyrik der ersten Jahrhunderthälfte eine der Bennschen vergleichbare Bedeutung erlangt. Nach seinem furiosen Beginn hat der Verfasser der *Morgue* noch zweimal die jüngeren Dichter in seinen Bann gezogen. Um 1930 ist es vor allem Klaus Mann, der dieser Bezauberung Ausdruck verleiht. Martin Raschke, der mit Günter Eich, Peter Huchel und anderen zur »Jungen Gruppe Dresden« um die Zeitschrift *Die Kolonne* und den Wolfgang Jess Verlag gehört, schreibt 1933, Gottfried Benn sei ihm oft in einem Bilde erschienen, »vor uns stand er an der Spitze des Bootes, das durch den Nebel der Zeiten zu unbekannten Ufern trieb«. Als um 1950 Benns Werk nach langer, erzwungener Unterbrechung wieder zugänglich wurde und mit dem Band *Statische Gedichte* einen neuen Höhepunkt erreichte, gewann der Dichter noch einmal eine unvergleichliche Autorität bei den Jüngeren, bis weit ins linke Spektrum hinein; kein Geringerer als Theodor W. Adorno rechtfertigt 1964 diese Orientierung auf Benn, wenn er mit der Autorität der doch allemal als links geltenden Frankfurter Schule feststellt: »in einem höheren politischen Sinn hat er immer noch mehr mit uns zu tun als sehr viele andere« (an Peter Rühmkorf, 13. Februar 1964). Ein halbes Jahrhundert lang hat die jüngere deutsche Moderne in permanenter Auseinandersetzung mit Gottfried Benn zu sich selbst gefunden.

Schwerer als die historische Bedeutung ist der literarische Rang dieses lyrischen Werkes zu bestimmen. Es steht damit ähnlich wie mit den Gedichten Heinrich Heines, deren Wertschätzung häufiger auf harmonistischen Voreingenommenheiten als auf der Bereitschaft beruht, sich dem Schock auszusetzen. Raschke meint 1933, in Benn sei

»das Erbe Eichendorffs und Mörikes noch lebendig«, und dieser Traditionszusammenhang mit dem deutschen 19. Jahrhundert dürfte einem Gedicht wie *Astern* (S. 77) seinen bevorzugten Platz in Anthologien und Lesebüchern gesichert haben. Die Blumen muten hier wahrlich vertrauter an als die *Kleine Aster* (S. 7) in *Morgue* oder der Strauß Rosen in *Blinddarm* (S. 10). Gelegentlich bewegt sich Benn sogar auf einer Linie, die von Hermann von Gilm (»Stell auf den Tisch die duftenden Reseden«) zum Schlager des 20. Jahrhunderts führt. »Sehr schön – bester Walther von Hollander«, urteilte Ilse Benn 1950 über einige jüngste Strophen ihres Mannes, und er wußte, daß sie so unrecht nicht hatte. In seinen wirklich großen Gedichten aber bringt Benn das bürgerliche 19. Jahrhundert, das zugleich das naturwissenschaftliche Jahrhundert gewesen ist, auf radikalere Weise zu Ende als alle Schriftsteller vor ihm. Was aus der vorausgehenden Periode der deutschen Lyrik in ihm produktiv wurde, das waren anfangs gewisse Elemente, die man bei Fontane und Detlev von Liliencron, auch noch bei Rilke findet und die nicht aus der Lied-, sondern aus der Balladentradition stammen: deren Raffungs- und Beschleunigungstechniken, deren Sprunghaftigkeit und syntaktische Verkürzungen, deren alltagssprachliches ›realistisches‹ Vokabular auch, überträgt Benn aus dem längeren, meist reimgebundenen Erzählgedicht in die kleinere Form seiner vor Sarkasmus oder Emphase vibrierenden Zeilengedichte. Aber die brachiale Kraft seiner Sujets und seiner Sprache sind nicht allein Ausdruck einer innerliterarisch zu deutenden Stilkrise. In Benns erstem Schaffensjahrzehnt kommt vielmehr ein allgemeines Krisenbewußtsein zum Durchbruch, ein Krisenbewußtsein, das vor allem die Kunst selbst erfaßt. Denn darin unterscheidet sich Benn von den großen Lyrikern der Jahrhundertwende, zumal von Stefan George und Rainer Maria Rilke: sie messen ihre Werke an einem strengen, unbezweifelten Kunstbegriff, während er sich sein Leben lang mit der Legitimation von Kunst überhaupt herumschlägt. Damit stellt er die deutsche Lyrik in den Horizont der gesamten europäischen Literatur, die um 1910 von Rußland bis Italien und von Spanien bis Großbritannien den Vorsprung der französischen Avantgarde zwischen Baudelaire und Apollinaire einholt. Nicht zuletzt im Zwang zur dauernden Ortsbestimmung der Kunst, in der Reflexion ihrer Stellung zu Geschichte und lebensweltlicher Erfahrung, zum Persönlichkeitsbild des deutschen Idealismus, zu den Erkenntnissen der neueren Psychologie und vor allem Psychopathologie, zu den klassischen Naturwissenschaften samt ihren erkenntnistheoretischen Voraussetzungen und zivilisatorischen Folgen konstituiert sich der Reichtum seiner Lyrik.

Fragwürdig wie die Kunst wird auch die Legitimation des Künstlers, in plötzlichen Umbrüchen liegen zynische Selbstverwerfung und arrogante Selbstüberhöhung hart nebeneinander. Sein Pariabewußtsein auf der einen, sein Künstleraristokratismus auf der anderen Seite hängen zwar wohl auch mit Erfahrungen in Kindheit und Jugend zusammen, haben aber gewiß mehr mit Benns spezifischem Verhältnis zur Kunst zu tun. Es ist auffällig, daß er niemals angestrebt hat, als freier Künstler zu leben; er brauchte die Tätigkeit als Arzt, um Legitimationsdefizite der Kunst zu kompensieren. Aber auch umgekehrt: die Kunst darf sich nicht mit dem Leben gemein machen, indem sie sich von ihm aushalten läßt – Benns gelegentliche grantige Bemerkungen über seine geringen Einnahmen als Schriftsteller wollen dagegen nicht viel besagen, auch mit dem besten Honorar hätte sie in Benns Augen nicht aufgewogen werden können. Jedenfalls bildet auch der Lebensentwurf des Arztes und Dichters Gottfried Benn eine Situation der Kunst und des Künstlers ab, die weit über den Einzelfall hinausreicht. Auf seine Weise nimmt Benn eine säuberliche Scheidung im Nebeneinander vor, wie sie etwa Rimbaud im Nacheinander vorgelebt hatte.

Über seine Herkunft aus einem evangelischen Pfarrhaus hat sich Benn selbst mehrfach geäußert und zu Recht die metaphysische Grundströmung in seiner Poesie mit ihr in Verbindung gebracht. Am 2. Mai 1886 als ältester Sohn des Pfarrers Gustav Benn in Mansfeld in der Mark Brandenburg geboren, kommt der junge Benn über das Dörfchen Sellin (Neumark), wo er den Elementarunterricht erhält, und Frankfurt an der Oder, wo er das Friedrichs-Gymnasium (»zum Glück ein humanistisches«, so Benn 1934) durchläuft, nach zwei Marburger Semestern (als Student der Theologie, Philosophie und Deutschen Philologie) im Herbst 1904 nach Berlin – und verfällt dieser Stadt fürs Leben. Mit geringen und stets unfreiwilligen Unterbrechungen wird er gut fünfzig Jahre hier verbringen, nicht im feinen Alten Westen, nicht in den Arbeitervierteln des Nordens und Ostens, sondern in den klein-, allenfalls bildungsbürgerlich geprägten Bezirken Kreuzberg und Schöneberg. Gegen den Wunsch des Vaters, aber schließlich mit dessen Zustimmung studiert Benn vom Herbst 1905 an Medizin. Es muß in diesen Jahren zu scharfen Auseinandersetzungen zwischen Vater und Sohn gekommen sein; die Einzelheiten liegen im Dunkel, aber das Gedicht *Pastorensohn* (S. 20 f.), 1916 oder 1917 entstanden, bezeugt es zur Genüge. Eine der Ursachen läßt sich mit Sicherheit erschließen. Gottfried Benn hatte eine enge Bindung an seine Mutter Caroline Benn, die aus dem schweizerischen Jura stammte. Sie erkrankte früh an Krebs und starb mit 54 Jahren. Aus religiösen Überzeugungen heraus wurde in der letzten Krankheitsphase auf eine schmerzstillende Behandlung mit Morphium verzichtet, eine Entscheidung, die den jungen Arzt aufs äußerste empörte. In einer für alle Familienmitglieder existentiellen Situation standen sich der Vertreter einer tiefen alten Frömmigkeitshaltung und der Vertreter der modernen Medizin unversöhnlich gegenüber. Im Februar 1912 absolviert Benn Staatsexamen und Promotion, im März erscheint *Morgue*, Anfang April erliegt Caroline Benn ihrer Krankheit.

Benns lyrisches Werk bis zu den *Gesammelten Schriften* von 1922 umfaßt Zeilenkompositionen in freien Formen, Gedichte in Blankversen – ein Liliencronsches Erbe –, seltener liedhafte Gebilde, seine Diktion setzt Berlinisches und Märkisches, die Sprache des preußischen Offizierskasinos und den Fachjargon der Mediziner, den Slang des Zuhältermilieus und der Kneipen, zuweilen sarkastisch untermischt mit Bruchstücken klischeehaften Frömmigkeitsausdrucks, hart gegen und neben eine emphatische Sehnsuchtssprache aus Südmotiven, klassischen Schönheits- und biblischen Heilsbildern. Das seiner mächtige, ordnende Ich älterer Lyrik wird zerrieben zwischen der entindividualisierten Massengesellschaft mit ihrer entleerten, heruntergekommenen Sprache und dem biologisch-materialistischen Triebwesen. Zumal in die Gedichte aus der Zeit des Brüsseler Aufenthalts zwischen Oktober 1914 und Herbst 1917 dringen unverhüllt die philosophischen Fragen ein, mit denen sich der junge Naturwissenschaftler und Mediziner auseinanderzusetzen hat. Man fragt sich, wo im geistigen und emotionalen Haushalt des Verfassers dieser Gedichte, der »Rönne«-Novellen und der ›erkenntnistheoretischen Dramen‹ eigentlich seine eigene junge Familie ihren Platz hat: seit dem Juli 1914 ist Benn mit Edith Osterloh verheiratet, im September 1915 wird die Tochter Nele geboren. Die Gedichte sprechen von anderem: das Leben und die es ordnend durchdringenden Wissenschaften werden vom Sexualtrieb unterlaufen, nichts hat die verlorenen metaphysischen Weltdeutungen und ethischen Bindungen vergangener Jahrhunderte zu ersetzen vermocht, nur das Leid, des Menschen uranfängliches Teil, das ist geblieben. Zu heilen vermag es niemand, und die modernen Religionssurrogate Wissenschaftsautorität und Fortschrittsglaube vermögen es nicht einmal zu trösten. In Benns lyrischen Polemiken tauchen jenseits von Sexualität und Tod, jenseits marktgängiger Heilsversprechen imaginäre Paradiese der Ich-Vergessenheit auf, im Endzeitpathos irrlichtert der Menschheitsbeginn:

> Ich schluchze immer
> vorbei an Brüsten und Gebeinen
> den tyrrhenischen Inseln zu:
>
> Dämmert ein Tal mit weißen Pappeln
> ein Ilyssos mit Wiesenufern
> Eden und Adam und eine Erde
> aus Nihilismus und Musik.

> (*Hier ist kein Trost*, S. 17)

Diese Zeilen stammen aus dem Gedicht-Dialog, den Benn 1913 mit der ihm damals aufs engste befreundeten und lebenslang von ihm bewunderten Else Lasker-Schüler führte. Die Formel »Nihilismus und Musik« aber könnte zu Recht über den Gedichten aus den zwanziger Jahren stehen. Dem Leser des Frühwerks drängen sich Kritik und Formzerstörung als erstes auf, bei genauerem Hinsehen bemerkt er freilich, daß auch hier sehr wohl künstlerisch durchstrukturierte Gebilde vorliegen. Mit der nun einsetzenden Rückkehr zu geschlossenem Vers- und Strophenbau, auch der Rückkehr zu Reim und Sprachmusik bilden sich bei Benn poetologische Positionen aus, die, 1927 in dem Essay *Lyrisches Ich* formuliert, auch 1934 (in der Selbstdarstellung *Lebensweg eines Intellektualisten*) und 1951 (in dem Vortrag *Probleme der Lyrik*) noch von ihm zitiert werden und zentrale Bereiche seines Denkens über Dichtung berühren. Vor allem um das Wort und um die Strophe kreisen diese Überlegungen: »Worte, Worte – Substantive! Sie brauchen nur die Schwingen zu öffnen und Jahrtausende entfallen ihrem Flug. Nehmen Sie Anemonenwald, also zwischen Stämmen feines, kleines Kraut, ja über sie hinaus Narzissenwiesen, aller Kelche Rauch und Qualm, im Ölbaum blüht der Wind und über Marmorstufen steigt, verschlungen, in eine Weite die Erfüllung – oder nehmen Sie Olive oder Theogonieen: Jahrtausende entfallen ihrem Flug. Botanisches und Geographisches, Völker und Länder, alle die historisch und systematisch so verlorenen Welten hier ihre Blüte, hier ihr Traum – aller Leichtsinn, alle Wehmut, alle Hoffnungslosigkeit des Geistes werden fühlbar aus den Schichten eines Querschnitts von Begriff.« Und wenige Sätze später: »Schwer erklärbare Macht des Wortes, das löst und fügt. Fremdartige Macht der Stunde, aus der Gebilde drängen unter der formfordernden Gewalt des Nichts. Transzendente Realität der Strophe voll von Untergang und voll von Wiederkehr: die Hinfälligkeit des Individuellen und das kosmologische Sein, in ihr verklärt sich ihre Antithese, sie trägt die Meere und die Höhe der Nacht und macht die Schöpfung zum stygischen Traum: ›Niemals und immer.‹« Deutlicher als in Benns Anfängen wirkt nun Nietzsche in die Poetik hinein, sein Artistenevangelium, seine Lehre von der Kunst als der letzten metaphysischen Tätigkeit des Lebens, seine These von der ewigen Wiederkehr des Gleichen. Die vom Dichter bevorzugte Strophenform, die achtzeilige, erinnert von fern auch an Gestaltungsformen des evangelischen Kirchenlieds, die Benn natürlich aus Kindheit und Jugend innig vertraut waren – er schreibt jetzt gleichsam die Hymnen und Choräle des europäischen Nihilismus. Diese Form bietet der Auflösung der Begriffsinhalte, der Entfesselung des Worts mehr Spielraum als die vierzeilige Liedstrophe, sie bietet auch der musikalischen Responsion eine Fülle von Möglichkeiten. Mit ihren sich in Reim, Alliteration und Assonanz realisierenden Wiederholungen ist diese Strophe für Benn zugleich Aussage und Ausdruck: im sich öffnenden Wort gehen die Gehalte, wie sie der Positivismus in Natur- und Geschichtswissenschaft festschreibt, ewig unter, sie werden überholt vom todverfallenen je Einzelnen; der Klang aber kehrt wieder und repräsentiert die umfassende Ordnung, das »kosmologische Sein«. Die

dergestalt klanglich durchgeformte Strophe, das durchgeformte Gedicht wird zum Symbol der ewigen Wiederkehr
des Gleichen. Wie an *Widmung:* (S. 68f.), Oskar Loerke
zum 50. Geburtstag am 13. März 1934 zugeeignet, ables-
bar, verstand Benn das Wort ›Strophe‹ auch etymologisch
als ›Wende‹, Wiederkehr.

III

Für den unnachgiebigen Kritiker des rationalistischen und
zweckorientierten Wissenschaftsbetriebs werden nun zu-
nehmend wissenschaftsferne, mythische Weltdeutungen
wichtig, Nietzsches ›Dionysisches‹ verbindet sich mit ent-
wicklungsgeschichtlichen und neurologischen Spekulatio-
nen, nach denen die Psyche auch des Modernen zu unmit-
telbarer Teilhabe an solchen im Mythos aufbewahrten Ur-
erfahrungen der Menschheit gelangen könne. Der Rausch,
die Orgie, die Massensuggestion auf der einen, die Form-
leidenschaft auf der anderen Seite: das könnten die zwei
Aspekte gewesen sein, unter denen Benn der Nationalso-
zialismus für eine kurze Zeit als in die Geschichte einge-
tretene, kunstanaloge Ordnungswelt erschien. Die Illusion
verflog sehr bald, und das Gedicht *Das Ganze* (S. 76) –
mit seiner ersten und dritten Strophe verabschiedete er
sich von Ina Seidel und Friedrich Wilhelm Oelze vor dem
Wiedereintritt in die Armee – deutet an, wie Benn selbst
sein Verhalten wenig später beurteilte:

Im Anfang war es heller, was du wolltest
und zielte vor und war dem Glauben nah,
doch als du dann erblicktest, was du solltest,
was auf das Ganze steinern niedersah,

da war es kaum ein Glanz und kaum ein Feuer,
in dem dein Blick, der letzte, sich verfing:
ein nacktes Haupt, in Blut, ein Ungeheuer,
an dessen Wimper eine Träne hing.

Möglicherweise glaubte er, sich gerade noch rechtzeitig und unkompromittiert aus seinem öffentlichen politischen Engagement zurückgezogen zu haben.

Warum aber hatte er sich überhaupt öffentlich geäußert? In der zweiten Hälfte der zwanziger Jahre beginnen Benns Ansehen und Einfluß zu wachsen. Er spricht gelegentlich im Rundfunk, wird Anfang 1928 in den Pen-Club gewählt, macht die Bekanntschaft Oskar Loerkes, einer Schlüsselfigur im literarischen Leben Berlins als Lektor des S. Fischer Verlags, als Sekretär der Sektion für Dichtung in der Preußischen Akademie der Künste, als Lyriker und Essayist von eigenem Rang. Sehr rasch gerät Benn in die literarischen und politischen Kontroversen der späten Weimarer Republik, bleibt dabei aber ein radikaler Einzelgänger ohne Gruppenbindung. Als Zivilisations- und Fortschrittskritiker war er für eins jedenfalls von vornherein verloren: für eine engagierte politische Lyrik, gleich welcher Couleur. 1932 wird er neben Rudolf G. Binding, Max Mell, Rudolf Pannwitz, Alfons Paquet und Ina Seidel in die Preußische Akademie der Künste gewählt. Als die Nationalsozialisten an die Macht kommen, hat er die höchste Auszeichnung, die das literarische Deutschland einem Dichter zu bieten hatte, gerade erhalten, und er ist stolz darauf. Und in eben diesem Augenblick werden Entscheidungen fällig, keine künstlerischen, sondern politische und moralische. Benn bekennt sich zum »neuen Staat«. Sein Verhalten ist, so scheint mir, nicht unabhängig von den ihm in den Jahren unmittelbar zuvor zugewachsenen Rollen zu verstehen. Weder zur Hohenzollern-Monarchie als Staat noch zur Demokratie von Weimar, noch zu den staatlichen Gebilden nach dem Zweiten Weltkrieg gibt es, was die Staatlichkeit und staatliches Handeln betrifft, eindeutige Urteile, geschweige denn Bekenntnisse, auch nicht 1914, als sich viele Schriftsteller von nationalen Emotionen mitreißen ließen und öffentliche Erklärungen abgaben. Hat er sich von den Macht- und Masseninszenierungen der NSDAP wirklich täuschen lassen und der Kunst, seiner Kunst, unter solchen Voraussetzungen adäquatere Rahmenbedingungen versprochen, oder glaubte er sich als Akademiemitglied verpflichtet zu taktieren, um der Kunst ein gewisses Maß an Unabhängigkeit zu erhalten? Gleich, welche Motive letztlich ausschlaggebend waren, angesichts des täglichen Terrors sind sie nicht zu rechtfertigen. Und es ist nicht ihre von Klarsehenden sogleich vorausgesagte Vergeblichkeit, von der her Benns Optionen 1933 zu bewerten wären, sondern von der empörten Reaktion und tiefen Trauer seiner Verehrer in der Emigration, zu deren Sprecher Klaus Mann wurde. Er schenkte Benn nichts und sprach öffentlich aus, was gesagt werden mußte – und dennoch ist die Verbindung zwischen den beiden über den scharfen Auseinandersetzungen nicht definitiv zerbrochen; Benn hatte ein richtiges Gespür, als er die Zusendung des *Mephisto*-Romans durch den Autor, mit der Eintragung der Benn-Verse »Die du verlassen, sie atmen noch«, nicht nur als Drohung, sondern auch als Anhänglichkeit deutete – 1937. Überhaupt muß Klaus Mann, soweit das aus der Emigration möglich war, den weiteren Weg Benns im Auge behalten haben. Während dessen Prosa – Essays, Reden, Rezensionen – 1933 und 1934, mit einigen Ausnahmen, im gedanklichen und sprachlichen Niveau deutlich sank, blieb das knappe Dutzend Gedichte, das zwischen dem Januar 1933 und dem Sommer 1934 abgeschlossen wurde, von den Verwicklungen des Autors unbeschädigt; freilich gingen die meisten von ihnen auf ältere Vorstufen zurück, der Lyriker Benn verstummte in jenen eineinhalb Jahren beinahe völlig. Spätestens nach dem sogenannten Röhm-Putsch Ende Juni 1934 hat Benn sein öffentliches Engagement definitiv abgebrochen. Im August 1936 entsteht *Einsamer nie –*, das Gedicht wurde in der letzten ›legalen‹ Buchpublikation des Autors, im Dezember desselben Jahres, gedruckt. Unter dem Datum des 10. August 1941 notiert Klaus Mann in seinem Lebensbericht *Der Wendepunkt:* »›Einsamer nie als im August ...‹ Die Zeile von

Gottfried Benn will mir – trotz allem – nicht aus dem Sinn«, und er zitiert dann das Gedicht, vor allem um der Schlußverse willen: »im Weingeruch, im Rausch der Dinge, / dienst du dem Gegenglück, dem Geist«. Dieses »trotz allem« aus der Feder eines unmittelbar und tief durch Benns Verhalten Getroffenen soll das Urteil nicht befangen machen, aber mitbestimmen. Es bleibt nichts übrig, als den Konflikt auszuhalten, mit dem Benn selbst von Mitte 1934 an zu leben hatte. Am 24. Januar 1936 schreibt er an F. W. Oelze: »Unendliche Scham über meinen Abstieg und zu langes Leben, Über-leben, unendliche Trauer über den Verrat, den ich an mir zu begehn plante, warf mich um.« An dieser Stelle unterscheidet sich Benns Sprache über sich selbst kaum mehr von der, die Klaus Mann für ihn gefunden hatte.

IV

Gegen Ende 1934 beginnt Benn sich aus allen literatur- und verbandspolitischen Bindungen zu lösen. Einen Ausweg aus seiner in jeder Hinsicht desolaten Lage bietet ihm die Rückkehr in die Armee. Zum 1. April 1935 wird er als Oberstabsarzt nach Hannover kommandiert, und diese räumliche Distanz zu Berlin, unter der Benn gleichwohl leidet, erleichtert das Entkommen aus inneren wie äußeren Abhängigkeiten. Schon im Herbst 1934 setzt, mit dem Zyklus *Am Brückenwehr* (S. 69 ff.), wieder eine reichere lyrische Produktion ein, gleichzeitig mit neuen Überlegungen zu Poesie, Leben und insbesondere Geschichte, die zunächst im intensiven Briefwechsel mit F. W. Oelze, dann auch in weder zur Veröffentlichung bestimmten noch im Dritten Reich publizierbaren Essays ihren Niederschlag finden (*Weinhaus Wolf*, 1937/38). »Doppelleben«: unter dieser Formel sucht Benn für sich, aber vor allem auch für sein Dichten eine klare Scheidelinie, eine unüberschreitbare Grenze zwischen dem Reich der Kunst und allen Erscheinungen des Lebens zu statuieren. Es besteht vermutlich eine versteckte Beziehung zwischen diesem Bemühen und der Wiederannäherung an den Vater, der Sohn bezeugt dem Pastor emeritus in diesen Jahren die größte Hochachtung. Nach Benns eigenen Worten, schon 1931 und mehr noch in Briefen an Oelze von 1936, 1937 und 1939, gilt seine Bewunderung, ja Verehrung einer Sphäre der Transzendenz, die den Vater umgebe und die alles, worauf sie ausstrahle, erhöhe und mit Reinheit umhülle. Wenn es zutreffen sollte, wie berichtet wird, daß Gustav Benn, ebenso wie Gottfrieds Bruder Stephan, sich zur Bekennenden Kirche hielt, die das nationalsozialistische Regime verwarf, so mag der Sohn darin ein Exemplum für die nun ihm selbst gestellte Aufgabe in bezug auf den Bereich der Kunst erkannt haben.

Im Januar 1936 veröffentlicht Benn ein schmales Heftchen mit neuen Gedichten, das F. W. Oelze gewidmet ist. *Astern* ist hier zum ersten Mal gedruckt, aber auch das eine grausige Gegenwelt evozierende *Träume, Träume* – (S. 74 f.) und das selbstkritische Gedicht *Das Ganze*. Wenig später erscheint, anläßlich des 50. Geburtstags am 2. Mai 1936, ein umfangreicherer Band *Ausgewählte Gedichte 1911–1936*, im Dezember in einer auf staatliche Pressionen hin veränderten zweiten Auflage. Dieser Auswahlband führt zu den ersten scharfen Angriffen auf Benn in der nationalsozialistischen Presse, im Jahr darauf kommt es zu erneuten denunziatorischen Polemiken, am 18. März 1938 schließlich wird Benn aus der Reichsschrifttumskammer ausgeschlossen und mit Schreibverbot belegt. In der gleichgeschalteten Presse wird sein Name nicht mehr erwähnt, und für zehn Jahre, bis 1948, ist Benn für das literarische Leben in Deutschland nicht mehr existent. Schon als er Mitte 1937 seine Rückversetzung aus Hannover nach Berlin erreicht, meidet er Kontakte zu den Kreisen um die alte Akademie. Seit Januar 1938 in zweiter Ehe mit Herta von Wedemeyer, die er in Hannover kennengelernt hat, verheiratet, teilt er sein Leben bis 1943 zwischen den geregelten Dienststunden beim Stab des Generalkommandos in der Bendlerstraße und den Abenden in der Schöneberger Privatwohnung, wenn er nicht lieber seine Stammkneipe aufsuchte. Die Korrespondenz mit Oelze wird intensiv fortgesetzt, auch von Landsberg an der Warthe aus, wohin im August 1943 Benns Dienststelle verlegt wird und wo er zusammen mit seiner Frau bis zum Januar 1945 bleiben wird. Dem Bremer Freund gehen laufend neue Gedichte und Prosawerke zur Verwahrung zu, und es ist nicht ohne Ironie, daß Oelze die Manuskripte im April 1945 in Fischerhude in Sicherheit brachte – bei Clara Rilke, über deren Mann sich Benn alles andere als freundlich geäußert hatte, auch gegenüber Oelze, zuletzt noch im Mai 1944. Die tiefste Erschütterung, die der Dichter in den Monaten der Niederlage und der Besetzung Deutschlands erfuhr, war der Freitod Herta Benns im Juli 1945. Das Gedicht *Orpheus' Tod* (S. 95 ff.) ist Zeugnis dieser Erschütterung, monatelang hat Benn im Jahr 1946 an diesem Text gearbeitet.

Die erste Publikationsmöglichkeit nach dem Krieg verdankt der Dichter dem Schweizer Verleger Peter Schifferli, dem Inhaber des Verlags »Die Arche«. Bei ihm erschien im Herbst 1948 der Band *Statische Gedichte*, die Sammlung fast des gesamten lyrischen Ertrags seit 1935, vierundvierzig Gedichte, und Text für Text von höchster künstlerischer Dignität. So bedeutend Benns Schaffen in den zwanziger und in den fünfziger Jahren gewesen ist, das Frühwerk und die Gedichte aus der Zeit der Verfemung sind die dichtesten, die wahrhaft inkommensurablen Teile seines Werks geblieben. Jeder der Texte in den *Statischen Gedichten* stellt sich dem Leser, mit Novalis zu sprechen, als ein Kunstindividuum dar, für das der Interpret die Formel zu suchen hat. Und doch, so groß die Gestaltungsvielfalt auch ist – von der in den zwanziger Jahren entwickelten achtversigen Strophe bis zu liedhaften kleinen Gebilden, von strengen, der Stanze verwandten Texten bis zu gelockerten, prosanahen Zeilenkompositionen, von zyklusartig angelegten Gedichtfolgen bis zu lakonisch knappen Kurzgedichten –, die Sammlung wird zusammengehalten durch den einen, unverkennbaren Bennschen Sprachgestus, der sich hier in unzähligen Variationen moduliert. Das Programmgedicht *Statische Gedichte* (S. 94 f.) nennt mit der Absage an zielorientierte Bewegungen, an Steigerungen in der Natur, planendes Handeln in der Geschichte, einige wenige Voraussetzungen von Benns Poetik in diesen Jahren. Aber der Rang der *Statischen Gedichte* hat, nicht anders als beim Frühwerk, damit zu tun, daß es hier zwar auch um artistische Abbreviaturen für Erfahrungen des Intellekts, mehr noch aber um solche für autobiographische, ja oft genug für existentielle Erfahrungen im umfassendsten Sinne geht, ohne daß sie darum unmittelbar Gedichtmotiv werden müßten. Benns Arbeitsweise ist komplex, aber wie immer es mit der Labor-Metaphorik in seinen späten dichtungstheoretischen Auslassungen bestellt sein mag, zwischen 1935 und 1948 bringt er jedenfalls mehr in sein Labor mit als zu anderen Schaffenszeiten. Reife und Reichtum teilen sich nun schlichtesten Zeilen mit, und zwei Linien wie »kleine Ordnungszeile / über Land geweht« (*Nasse Zäune*, S. 83), inmitten eines Kontextes, der märkisch-dörfliche Landschaftsbilder heraufruft, erhalten plötzlich poetologisches Gewicht und sagen kaum weniger, vielleicht sogar mehr über Benns Poetik damals aus als der berühmte und folgenreiche Marburger Vortrag *Probleme der Lyrik* (1951) oder als eine abstrakte Zusammenfassung wie »Anschauen, Prüfen, Bildersammeln –: Worte, / darin Zusammenhang, erfahrener Sinn: / ordnendes Sein: Gedichte –« (*Unanwendbar; Sämtliche Werke*, Bd. 1, S. 213).

V

Von den in diese Auswahl aufgenommenen, unmittelbar ins Autobiographische weisenden Gedichten *Pastorensohn, 1886* (S. 20 f., 89 ff.) und *Teils-teils* (S. 115 f.) ist das zweite gegen Ende 1944 entstanden. Schon seit dem Beginn der dreißiger Jahre und dann bis in die späten Schaffensperioden versteht Benn sich immer deutlicher als Repräsentanten aller Dichter seiner Generation. So gibt dieser Text nicht die individuellen, sondern die allgemeinen Bedingungen an, in die der Jahrgang 1886, in die auch Benn hineingeboren wurde. Er tut es nach der Weise des pars pro toto, und die Auswahl dessen, was im Text genannt wird und auf das Ganze verweisen soll, bedarf des Kommentars und der Deutung, wobei sich die Aufmerksamkeit vorab auf die von Sprache und Kunst redenden Abschnitte zu richten hätte. Aber der vorletzte Abschnitt zeigt, wo die unter denselben allgemeinen Voraussetzungen Angetretenen im Herbst 1944 halten, und das wichtigste Kriterium, nach dem sie klassifiziert werden, ist ihre Stellung im und zum nationalsozialistischen Deutschland:

> 1886 –
> Geburtsjahr gewisser Expressionisten,
> ferner von Staatsrat Furtwängler,
> Emigrant Kokoschka,
> Generalfeldmarschall v. W. (†)

Drei Entscheidungsmöglichkeiten gab es: sich anzupassen und entsprechend geehrt zu werden, zu emigrieren oder im Innern des Reichs Widerstand zu leisten – Generalfeldmarschall Erwin von Witzleben war am 8. August 1944 wegen seiner Beteiligung am Attentat des 20. Juli hingerichtet worden (Benn irrt sich übrigens, v. Witzleben ist nicht 1886, sondern 1881 geboren). Nur indirekt teilen die Verse auch etwas über Benn selber mit: Staatsrat ist er nicht und Emigrant ist er auch nicht, wohl aber einer jener ›gewissen Expressionisten‹ und zugleich Angehöriger der Armee, über die v. Witzleben, wäre das Attentat geglückt, den Oberbefehl übernommen hätte. Benn, so darf man wohl folgern, sah 1944 seinen Platz im Bereich des militärischen Widerstands gegen Hitler. Noch verhüllter fällt der Rückverweis auf den Schreibenden selbst in jenen Gedichten aus, die sich mit Werk und Gestalt Friedrich Nietzsches auseinandersetzen. Mit der Kritik an den philosophisch-anthropologischen Grundbegriffen des Willens zum Leben, des Willens zur Macht, mit der Zurückweisung von Nietzsches Gedankenkonstruktion des Übermenschen kehrt Benn zur tragischen Anthropologie seiner Anfänge zurück. Fast verstohlen kommt jetzt und in den Spätjahren aber auch gelegentlich eine ethische Komponente ins Spiel, die oft bezeugte gütige und menschliche Haltung Benns als Arzt und seine weltanschaulichen Überzeugungen berühren sich nun manchmal oder, besser: sie geraten aneinander. Nach einem Besuch beim Vater im Juni 1937 schreibt er an Oelze: »Wirklich ein überirdischer Mann. Man kann sich dem garnicht entziehn. Eine Atmosphäre um ihn von letzter Transzendenz, die äußerste Entscheidungen fordert. Hat mich tief berührt. Stehe vor neuen Fragen u. Grundkrisen. Auch was Ihren Brief von gestern angeht: ist alles Schund, was von Menschen nicht hoch kann, nicht die letzte Höhe erreicht u. garnicht kennt? Darf es nicht doch Erbarmen fordern? Sehr wichtige Frage!« Aus dem Munde eines einundfünfzigjährigen Pfarrerssohns und Arztes eine merkwürdige Frage, ideologiegeschichtlich freilich erklärlich, sie klingt wie das Erwachen aus einem verstiegenen ideologischen Traum, der die alltagspraktische Erbarmensfähigkeit aus der Reflexion radikal verbannt hatte. Wir wissen doch, daß Benn um 1930 Arbeitslose nicht nur kostenlos behandelte, sondern ihnen mitunter auch noch die Kohlen bezahlte, daß die Prostituierten von der Friedrichstraße zu ihm kamen, weil er ihre Krankheiten sorgsam und für wenig Geld kurierte und ihnen ohne jeden Hochmut begegnete. In der Denktradition Nietzsches und der naturwissenschaftlichen Determinismus fehlte dem Dichter aber das intellektuelle Instrumentarium, um mit ethischen Fragen anders als ›nihilistisch‹, psychologisch-perspektivisch und die Werte umwertend umzugehen. Trotzdem muß er ein tiefes Empfinden dafür gehabt haben, daß

das nicht ausreichte. Wie hatten schon die *Morgue*-Ge-
dichte darauf insistiert, daß der Mensch ein Nichts sei,
von Erde genommen, Erde zu werden bestimmt. Davon
nimmt auch das späte Gedicht *Menschen getroffen* (S. 123 f.)
kaum etwas zurück. Ärmlich und der Herdasche nahe leben sie, der Name »Popiol« ist nichts als das polnische
Wort für ›Asche‹, eine Maskierung gleichsam dessen, was
in Wahrheit gilt, der Name »Babendererde« führt die Bestimmung seines Trägers unmittelbar mit sich. Darüber
aber irisieren andere, religiös konnotierte Bedeutungsele-
mente, im Namen »Christian«, in der Wendung »reine
Stirn der Engel«, im Hinweis auf Nausikaa, das antike
Musterbild jungfräulicher Sanftheit, Schönheit und Un-
verletzlichkeit. Am Schluß des Gedichts lösen sich »das
Sanfte und das Gute« von Situationen und Charakteren
und werden kategorial aufgefaßt:

> Ich habe mich oft gefragt und keine Antwort gefunden,
> woher das Sanfte und das Gute kommt,
> weiß es auch heute nicht und muß nun gehn.

Nun, das ist gewiß nicht von jenseits von Gut und Böse
gesprochen, sondern von diesseits; keine Philosophie vermag sie wegzudisputieren und zu relativieren. Ihren Ur-
sprung weiß der Sprechende nicht, aber er hat sie wahrge-
nommen, und das ist mehr, jedenfalls in Anbetracht des
Weges, den Benn dahin zurückgelegt hat.

VI

Von 1948 an bis zu seinem Tode blieb Benn, dank der Be-
mühungen zunächst des Arche-Verlags, sodann des kon-
sequent für sein Werk sich einsetzenden Limes Verlags
Max Niedermayers, der meistdiskutierte Lyriker in West-
deutschland. Obgleich sein Spätwerk mit der Ära Ade-
nauers, mit der Mentalität der Wiederaufbaujahre und der
abendländischen Erbaulichkeit wenig zu tun hat, im Ge-

genteil höchst empfindlich auf jeden Konformismusdruck reagierte – das, unter anderem, hat Adorno in der zitierten Antwort an Rühmkorf mitgemeint –, spielt Benns Name in den ideologischen Auseinandersetzungen der fünfziger Jahre eine erhebliche Rolle; aber wie im Falle Brechts und Becketts die Werkcharaktere das stärkste Argument gegen das damals beliebte plakative Gegeneinandersetzen der Namen darstellen, so auch bei Benn, etwa in den Kontroversen über ›reine‹ und ›engagierte‹ Lyrik. Die in den Sammlungen *Fragmente* (1951), *Destillationen* (1953) und *Aprèslude* (1955) veröffentlichten Gedichte der letzten Lebensjahre bewahren, unter spürbarer Entspanntheit, den Formenreichtum der vorausgegangenen Werkepoche, ihre Zeitkritik wandelt sich von Polemik in Ironie, der Abstand von lyrischem und empirischem Ich verringert sich. Das Problem des Alterns ist nicht nur Gegenstand der Bennschen Prosa, sondern auch Gedichtmotiv, und häufiger als zuvor meldet sich die Frage nach dem Anderen, dem Nebenmenschen an: dem Künstler-Ich, das sein Außenseitertum, seine durch Schicksal und Auftrag verhängte Isolierung akzentuiert hatte, waren die Anderen primär Objekt und als Teil der im Ich-Ausdruck zu überwindenden Lebenswelt im Wege. Jetzt heißt es in einem Text von 1950: »du hast dich zwar gerettet, / doch *wen* rettetest du?« (*Die Gitter*, S. 109). Das Problem, wie es mit der Legitimation der Kunst bestellt sei, läßt auch den späten Benn nicht los. Nicht unabhängig davon scheint mir, daß Aspekte zwischenmenschlicher Kommunikation im Spätwerk stärker thematisiert werden als zuvor, der über Jahrzehnte hin gelungene Austausch mit F. W. Oelze mag darauf nicht ohne Einfluß gewesen sein. Ende 1946 geht Benn mit der fünfundzwanzig Jahre jüngeren Zahnärztin Dr. Ilse Kaul seine dritte Ehe ein, und er nennt sie nicht nur, in einem Brief an Oelze, »völlig als ebenbürtig«, die späte Korrespondenz weist es auch aus, daß Ilse Benn in sehr viel intensiverer Weise in die geistige Welt des Lyrikers und in seine Probleme als Künstler hineingezogen wurde; alles deutet darauf, daß es in diesen Jahren um Benn weit dialogischer zuging als zuvor. Das bedeutet nun nicht, daß Benn seine alte These vom »monologischen Zug« des modernen Gedichts aufgegeben hätte, das gewiß nicht, nur das Klima, das in diesen späten Gedichten herrscht, mutet im Ganzen gesprächsoffener an, durch das nicht seltene Spiel von Frage und Antwort etwa, oder durch Wendungen des Meinens und Vermutens.

In den poetologischen Äußerungen findet sich freilich kaum ein Niederschlag dieser etwas veränderten Haltung. Sie sind Variationen, oft geradezu Zitate dessen, was schon in den *Problemen der Lyrik* steht. Das gilt überwiegend auch für die letzte Zusammenfassung der eigenen Position. Am 15. November 1955 diskutiert Gottfried Benn mit Reinhold Schneider über das Thema: *Soll die Dichtung das Leben bessern?* Unter einem ähnlich lautenden Titel – *Können Dichter die Welt ändern?* – hatte Benn sich schon 1930 dazu öffentlich geäußert und die Frage verneint. Dichtung, so hatte er damals gesagt, »erwirkt« das äußerste Bild von einer letzten dem Menschen erreichbaren Größe: »Diese Größe will nicht verändern und wirken, diese Größe will sein.« Von der »individuellen Monomanie« des Dichters ist die Rede, von den »Autonomien«, die er hervorbringt. Von da ist es nur noch ein Schritt zum »monologischen Gedicht« in den *Problemen der Lyrik* zwanzig Jahre später. Dabei bleibt es auch 1955. Aber es gibt hier einige neue Sätze, die, ohne die alte Position aufzugeben, doch eine bemerkenswerte Erweiterung zum Inhalt haben: »Also, werden Sie nun vielleicht denken, der Redner beantwortet die an ihn gestellte Frage schlechtweg negativ. Nein, das tut er nicht. Die Dichtung bessert nicht, aber sie tut etwas viel Entscheidenderes: sie verändert. Sie hat keine geschichtlichen Ansatzkräfte, wenn sie reine Kunst ist, keine therapeutischen und pädagogischen Ansatzkräfte, sie wirkt anders [...]. Alle Dinge wenden sich um, alle Begriffe und Kategorien verändern ihren Charakter in dem Augenblick, wo sie unter Kunst betrachtet werden, wo sie sie stellt, wo sie sich ihr stellen. Sie bringt ins Strömen, wo es verhärtet und stumpf und müde war, in ein Strömen, das verwirrt und nicht zu verstehen ist, das aber an Wüste gewordene Ufer Keime streut, Keime des Glücks und Keime der Trauer« (S. 135 f.). Diese Veränderung erfaßt gewiß zunächst den Dichter selbst, den alternden zumal, der desto emotionaler die schöpferischen Augenblicke heraufruft, je mehr er ein Nachlassen der produktiven Energien fürchtet; sie erfaßt aber auch alle anderen, die an der Leben und innere Bewegtheit erweckenden Kraft der Dichtung teilhaben wollen. Damit hat Benn für seine eigene Poesie eine Antwort auf die selbst gestellte Frage »doch *wen* rettetest du?« gefunden, und wer diese Antwort genau liest, wird in ihr nicht nur die Stimme des Dichters, sondern auch die des Arztes vernehmen, leise tönt sie mit. Benns Beitrag zur Rundfunkdiskussion am 15. November 1955 ist auch ein Schlußwort. Am 7. Juli 1956 stirbt Gottfried Benn siebzigjährig in Berlin.

Christoph Perels

Gedichtüberschriften und -anfänge

172

Reclam –
deutsche Literatur

Text- und Studienausgaben
vom Mittelalter bis heute

Textsammlungen

Reader zur Theorie

Lexika

Einführungen

Interpretationen

Literaturgeschichte

Reclam